KEIKENZUMINAKIMITO
経験済みなキミと、
KEIKENZERONAOREGA
経験ゼロなオレが、
OTSUKIAISURUHANASHI
お付き合いする話。
短編集
青春回想録

characters
加島龍斗《かしま りゅうと》
星臨女子高等学校の国語教諭・加島龍斗は、美少女ギャルの白河月愛を中心とした陽キャグループのいる２年Ａ組の担任だ。「女の園」である女子校で、彼女たちに振り回される日々を送っていた龍斗だったが…？
白河月愛《しらかわ るな》
山名笑琉《やまな にこる》

関家柊吾《せきやしゅうご》

「女の園の龍」では龍斗の同僚として登場。また、他話では「ミッション・陰ポッシブル」に一文だけ登場。

伊地知祐輔《いじちゆうすけ》

「ミッション・陰ポッシブル」では、なんと主役として登場…!? ほか、「空飛ぶペンギン」にも登場。

仁志名蓮《にしなれん》

「空飛ぶペンギン」ほかすべての物語に登場。ただ、「女の園の龍」においては名前だけ登場している。

「えええええええええ――っ!?」

「これめっちゃ可愛い!!!」

「鬼コス？　エロくない？」
「せっかくだから、可愛いの着たいよねっ！」
「チャイナかー！　アリよりのアリだね」

「ねえ、龍センセー？
キスしていい？」

経験済みなキミと、経験ゼロなオレが、お付き合いする話。短編集

青春回想録

長岡マキ子

ファンタジア文庫

3387

口絵・本文イラスト　ｍａｇａｋｏ

CONTENTS

女の園の龍 005

空飛ぶペンギン 135

トリック・オア・トリック!? 195

ミッション・陰ポッシブル 257

女の園の龍

KEIKENZUMINAKIMITO
経験済みなキミと、
KEIKENZERONAOREGA
経験ゼロなオレが、
OTSUKIAISURUHANASHI
お付き合いする話。
短編集
青春回想録

俺の名前は加島《かしま》龍斗《りゅうと》。二十四歳。

星臨女子高等学校の二年A組の担任教諭だ。

え？　星臨高校って共学じゃなかった？　しかも二十四歳？　生徒じゃなくて先生だって？

そんなツッコミが頭のどこかから聞こえてくるけど、とにかく今はそういうことになっている。

そんな俺の毎日を、今からほんの少しご覧に入れたい。

♧

星臨女子には、ギャル軍団がいる。

学年一の美少女ギャル・白河《しらかわ》月愛《るな》を筆頭とした、陽キャグループだ。四月のクラス替えで、俺はよりによって彼女たちの担任になってしまった。

俺は正直、この一味が苦手だ。

学生時代からずっと陰キャで、勉強だけは頑張ったから有名私大を卒業できたものの、女性には縁がなく、もちろん童貞。

そんな俺にとっては、いくら高校生といえども、キラキラした可愛《かわい》い女の子たちのオーラはまぶしすぎる。

噂《うわさ》によると、若い独身男性でありながら女子校に採用される教師は、採用担当から「こいつなら女子生徒に手を出す勇気はないだろう」とナメられているらしい。ちくしょう。こっちだって、同じ条件で他に採用してくれる共学があったらそっちにしたのに。

世知辛い。


そんな俺の一日は、女子高生の高らかな声の洪水で始まる。

「加島先生、おはよーございまーす！」

駅から学校へ続く長い坂を上る道すがら、生徒たちが小走りに俺を追い抜きざまに声をかけていく。

「おはよう」

学生時代は女性と目を合わせて喋《しゃべ》ることすら難しかった俺だが、社会人になって仕事でいろいろな人とかかわるようになったら、さすがに性別問わず日常会話くらいはできるようになった。

生徒たちと挨拶を交わしながら、学校に着いて、校舎に入った。

職員室へ向かう前に、俺はまず自分の教室に行くことにしている。

それは、教育実習先で師事した先生の教えだ。

その先生は、かつて自分が担任を受け持っていたクラスで、放課後、黒板に特定の生徒の誹謗《ひぼう》中傷が書かれる事件があり、翌朝登校した生徒たちがショックを受けているのを見て反省したそうだ。「朝一の教室を見れば、クラスの異変がわかる」というのが、その先生の教えだった。

教師になってみて、その教えはなんとなく理解できるようになった。

試験前で生徒たちの心に焦《あせ》りが生まれているときなどは、誰もいない教室なのに、置いてある荷物がロッカーからはみ出ていたりして、なんとなく雑然としている。体育祭で優勝した次の日には、応援用のポンポンのクズがあちこちに落ちていたりして、教室内に楽しげな余韻が充溢《じゅういつ》していた。

今日も俺は、担任の生徒たちの心理状態を知るために、朝一の誰もいない教室を訪れた。

まだ始業までには時間があるので、この時間、教室に生徒がいることはほとんどない。

登校中に挨拶した生徒たちは、部活などで早く来る子たちだ。

年間三百六十五日中、俺が出勤するのは二百五十日ほど。そのうち、二百三十日は、教室内にさしたる異変はない。

しかし今日は、どうやらその残り二十日のうちの一日だったようだ。

「……ん？」

いつものように誰もいない教室を一瞥《いちべつ》して職員室に向かおうとして、違和感を覚えて室内を二度見した。

うちの学校の教室には、窓際《まどぎわ》にベランダがあって、休み時間などは生徒も外に出ていいことになっている。

そのベランダに、一人の生徒がいた。

生徒はこちらに後ろ姿を見せていた。ベランダの柵に寄りかかって校庭の方を見ながら、スマホを耳に当てている。

校内でスマホの使用は禁止されているので（隠れて使っている生徒はいる様子だが）、注意しに行こうと思って、気が重くなった。

その生徒が、白河月愛だったからだ。

学年一の美少女で、俺が苦手なギャル軍団の中心人物。

金色に近い茶色のロングヘアに、風にゆられてインナーカラーの束が交じって青く透けている。水色のカーディガンを腰に巻いた制服の着こなしからも、間違いなく彼女だ。

ちなみに、この髪色などは間違いなく校則違反なのだが、風紀の先生がいくら注意しても改まらないので、ギャル軍団に関しては半ば諦められて、結果、特権的に許されているフシがある。

窓際に近づくと、ベランダの戸が少し開いていて、話し声が聞こえてきた。

「ほんと？　今度こそ、あたしシューヤのこと信じていいの？」

真剣な口調から、深刻な内容だということがわかる。

「そんなこと言われても……すぐには決められないよ。だってあたし、マジで傷ついたんだよ？　シューヤのこと信じてたし……」

彼氏だろうか？　それとも、友人に恋愛相談？

いずれにしても、早く現場を押さえて注意しなければならない。

俺は戸に手をかけて、一気に引いた。

ガラッという音で、白河月愛が勢いよくこちらを振り向く。

「あっ！　ごめん、センセー来たから切る！」

驚いた顔で俺を見た彼女は、そう言って耳からスマホを下ろした。

それを見計らって、俺は口を開いた。

「学校でスマホは禁止だよ」

「……はぁい……」

小さな声が返ってきた。

叱られるのを待っている幼女のような、頼りない瞳が上目遣いで俺を見ていた。

「……じゃ、またホームルームで」

「えっ⁉」

踵《きびす》を返そうとした俺に、白河さんは驚きの声を上げる。

「ん？」

なんだろうと見ると、彼女は意外そうな顔をしている。

「スマホ、ボッシューしないの？」

「……してほしいの？　最初だから、注意だけしたよ」

俺の返答に、彼女はホッとした顔で微笑《ほほえ》む。

「ありがと！　加島センセー、優しいね」

その花のような笑顔に、不覚にもドキッとした。やっぱり、学年一の美少女の呼び声は伊達《だて》じゃない。

化粧で魅力的に引き立てられている大きな目や、瑞々《みずみず》しく透明感のある肌など、何もかもまぶしくて直視するのに勇気がいる。その髪が風でそよぐたび、フローラルだかフルーティだかな香りが漂ってきて、鼻腔《びこう》を甘くすぐられる。

「一年のとき、昼休みにLINE見てたら、体育の鬼塚先生に即ボッシューされちゃって。一週間も返してもらえなくて困ったんだぁ」

白河さんは無邪気に言った。

俺は、困惑しながら言葉を探す。

「……だから、もう学校でスマホ使っちゃダメだよ」

「はぁい。でも、たまたま早起きしちゃって、ノリで早く学校来ちゃったから、ここで電話出るしかなくて」

白河さんは、困った顔で天を仰いだ。

五月の朝の空には、彼女のカーディガンより青い水色と、まぶしい太陽が輝いていた。

「……彼氏？」

なんとなく立ち去りづらくて、俺は訊《き》いた。

すぐさま「立ち入りすぎかな」と思って質問を撤回しようかと思ったとき、白河さんは俺を見て首を振った。

「違う。元カレ。一ヶ月前に別れたの。向こうに浮気《うわき》されて」

顔を曇らせて、彼女は軽く俯《うつむ》く。

「でも、もう浮気相手と別れたから、ヨリ戻してほしいって言われた」

「……どうするの？」

「んー……考え中」

彼女はそう言って口をつぐんだので、俺は改めて教室内へ引き返そうとする。

「……じゃあ、もう職員室行くから」

すると、白河さんは顔を上げた。

「えー、恋愛相談乗ってくれないの？」

抗議するように言われて、俺は内心ビビりちらかす。

「……乗れるほど経験ないから。相談なら他の先生にして」

このへんが限界だった。あまり深入りすると、年齢に見合わないお粗末な恋愛観を披露することになって、教師としての威厳を失いかねない。

すると、そんな俺を見て、白河さんはふと探るような視線を向ける。

「……ねぇ、加島センセーって、もしかしてドーテー？」

「えっ⁉　ななな、なんで⁉」

思わず反応してしまった俺を見て、白河さんは「やっぱり」と言うようにニヤッと笑った。

「ニコルが言ってたんだぁ。『カシマってドーテーじゃね?』って」

「………………」

言葉を失っていると、白河さんは後ろに一歩引いた俺との距離を縮めるように二歩近づいてきて、上目遣いに微笑む。

蠱惑《こわく》的にも見える表情でこちらを見つめる彼女は、ぞくぞくするほどの引力を持つ完璧な美少女だった。

「……ねぇ。スマホ見逃してくれたお礼に、エッチのやり方、教えてあげよっか?」

「⁉」

何を言っているんだと、彼女の顔を凝視した。そして、高校生とは思えない完成された美しさの顔立ちにうろたえて視線を下げたら、ボタンの開いた胸元から、これまた高校生とは思えないはちきれんばかりの二つの膨らみが迫ってきて、俺はますますうろたえた。

「……お、大人をからかうんじゃない。高校生に相手してもらうほど困ってないから」

なんとか冷静に返答したつもりだったが、声が若干上擦ってしまった。

けれども、白河さんはそれには気づかず引き下がってくれた。

「はぁい」

そうして、ほんの少しの親しみを込めた微笑を俺に向ける。

「……加島《かしま》センセーって真面目だね」

そう言って、彼女は再び空を見上げる。

「あたし、加島センセーみたいな男の人と付き合いたかったなぁ。そしたら、大事にしてもらえた気がするのに」

「………………」

白河さんの異性関係の噂《うわさ》は、職員室にもちらほら届いていた。駅前で他校の男子生徒と一緒に歩いていたとか、それが少し見ない間に違う男になっていたとか……。うちは女子校だから異性との出会いは少ないはずだけど、確かにこれほどの美少女なら、街を歩けばいくらでも声をかけてくる男はいるだろうなと思った。

「……なんてね」

誤魔化すようにテヘッと笑う彼女の可愛《かわい》らしい笑顔を見ながら、俺は自分の顔を仏頂《ぶっちょう》面《づら》に保つことだけに全集中していた。

早足で職員室へ向かいながら、俺はさっきの自分の発言を思い出した。

――高校生に相手してもらうほど困ってないから。

困ってなくね――――――！

思いきり困ってる。

それはもう、無茶苦茶に困っている。

困り果てたまま社会に出て、いつの間にか二十四歳になってしまった。

――あたし、加島センセーみたいな男の人と付き合いたかったなぁ。

さっきの白河《しらかわ》さんの言葉を思い出して、心臓はもうバクバクだ。

でも、生徒はダメだ。そもそも未成年との恋愛は倫理的にも条例や法律的にもアウトだし、しかも自分の学校の生徒なんて、バレたらクビは免《まぬが》れない。生徒に手を出す教師なんて評判が立ったら、再就職先があるかもわからない。

せっかく親にお金をかけてもらって大学を出て教職に就いたのに、たかが恋愛で、残りの人生を棒に振るわけにはいかない。そんな危険は冒せない。

……まぁ、でも。

恋多き白河さんが、俺ごときのことを真剣に恋愛対象と思うわけがない。あれは通話を見逃してくれたことへのちょっとしたお礼というか、リップサービスだ。

あれがお礼になると思うのも、自分の女としての魅力をわかりすぎてて怖い気がするけど、美少女なんて得てしてそんなものだろう。知らんけど。

白河月愛《るな》、恐るべし。

♧

白河月愛だけでなく、女子校の生徒を見ていると、時々女性が恐ろしくなる。

俺の担当教科は国語で、二年生には現国を教えている。

三限目、担任のA組の授業に向かっていた俺は、廊下を歩きながら異変に気づいた。

教室の前後のドアがぴたりと閉まって、静まり返っている。いつもなら、チャイムが鳴っても廊下に出ている生徒もいたりして、外から様子がわかるのに。

廊下側には窓がなく、ドアもすりガラス仕様になっているので、こうなるとドアを開けることでしか中の様子がわからない。

何かあったのか？　と不審に思いながらも、みんな大人しく授業の準備をしているなら感心だなと思って、俺はドアに手をかけて引いた。

その瞬間、思いもかけなかった光景が目に飛び込んできた。

ブラジャーの嵐。

何を言ってるかわからないと思うが、教室内で席に座っている生徒たちが、なんと全員上半身にブラジャーのみを身につけた半裸姿だった。

ピンク、ブルー、イエロー、ホワイト、ブラック……戦隊モノさながらのカラフルな下着の色の洪水が、網膜に鮮明に焼きついてくる。

大きさもサイズも、レースやフリルのデザインも多種多様なブラジャーが、生身の女子高生が着用した姿で目の前に存在する。

彼女たちの視線は、闖入《ちんにゅう》者である俺に、一斉に注がれて。

「「「「「キャ――――ッ！」」」」」

何重奏かわからない悲鳴が上がった。

「ええええっ⁉　ごっ、ごめん！」

咄嗟《とっさ》に謝って、慌ててドアを閉めて廊下に出る。

心臓は再びバクバクだ。

「ヘンターイ！　加島せんせぇー！」

「まだ着替えてるんでぇー、入ってこないでくださいー！」

「二時間目、体育だったんでぇ〜！」

教室の中から刺々《とげとげ》しい声が聞こえてくる。

「わ、わかった……ここで待ってるから、早く着替えて……」

俺は蚊の鳴くような声で答えるしかない。


……ん？　でも、よく考えたらおかしくないか？

二限と三限の間には、十五分の中休みがある。移動の時間を考えたって、まだ着替えが終わっていないのはおかしい。

しかも、全員が示し合わせたようにブラジャー姿というのも妙だ。

もしかして……俺はハメられたのか？

「……ふふっ。加島、ほんとに入ってこれないよ」

「このままずっとブラでいたら、三時間目なくなるんじゃね？」

「ラッキー！　ヒマだから指スマしない？」

「てか、いつまでこのまま？　さすがに寒いんだけど」

「まだ五月だもんねー。ちょっと早かったか」

耳を澄ましていたら、案の定、くすくす笑いと共に生徒たちのひそひそ声が聞こえてきた。

そういうことだったのか……。俺が男性教師だから、全員下着姿でいれば教室に入れないと思って。

試しに声をかけてみると。

「……お、おーい、まだ？」

「「「「まだでーす！」」」」

元気な声が返ってきた。

「は、早くしてよ。授業始められないから」

「「「「はーい♡」」」」

ダメだ。完全におちょくられている。

しかし、この状況をどうしたらいい？

ムリヤリ突入して授業を始めたら、生徒の下着を見た変態教師になってしまう。

女の先生にお願いして、注意してもらうしかないのか？　担任なのに自分のクラスの生徒も統率できないなんて、教師として恥だけど……。

とはいえ、困り果てた俺は、職員室に帰るしかなかった。

「おっ、ヤマダじゃん」

職員室にいたのは、関家《せきや》先生だった。

関家先生は生物の先生だ。同じ大学の先輩で、在学中から顔見知りだった。なぜか俺のことを「ヤマダ」と呼んでいる。

関家先生は背が高くイケメン風のルックスで、まだ二十代の独身教師だ。なぜ女子校に採用されたのかまるでわからない。当然、生徒たちには非常に人気がある。

「どうした？　授業行ったんじゃなかったか？」

「それが……」

関家先生に尋ねられて、俺は今あったことを話した。

「無理に入るわけにもいかないし、一体どうすれば……」

「あー、じゃあ俺が行ってやるよ。三限ヒマだし」

「えっ⁉」

関家先生も男なのに、どうやってこの状況を打開するのか？

そう思いながら、ついていった。

二年A組に到着すると、関家先生はなんと、そのままドアを開けてズカズカと教室に入った。


「「「「「キャ――――――ッ!」」」」」


「ほら、授業始めるぞ」

案の定悲鳴が上がったが、関家先生は涼しい顔で教卓から生徒たちを見渡す。

「なんで関家先生!?」

「現国の時間なんですけど!?」

「お前らが授業妨害してるから、生物になったんだよ。いいから早く着替えろ。ブラウス羽織るだけだろ」

「ちょっと、見ないでよ!　ヘンタイ!」

「ガキンチョの裸なんか見ても何も感じねーよ、安心しろ」

「ひどーい!」

ぶつぶつ言いながらも、生徒たちは一斉に制服に袖を通し始める。不思議なもので、俺に対して物怖《ものお》じせず下着姿を見せつけていた生徒たちが、堂々と教卓に立つ関家先生に対しては、恥ずかしそうに素肌を隠している。

生徒たちが着替え終わるのを見て、関家先生は教室を出て、廊下にいる俺のところへ来た。

「ほらよ。こういうときはビビるからナメられるんだよ」

「あ、ありがとうございます……」

とはいえ、次に同じ状況になっても、俺が関家先生と同じ対応ができるかは自信がない。

あ、女性用の制汗剤の匂い……。

日常を取り戻した教室で、黒板に授業の内容を書き始めながら、体育直後ならではの香りに心を乱される。

俺みたいな童貞には、女子校での毎日は刺激が強い。

♧

女子校の生徒は、基本的に男の目を気にしていない。生徒は全員女子だし、教職員も女性が過半数を占めている。

だがしかし、俺が男として彼女らの目の前に存在しているのは厳然たる事実であって。

それを逆手に取って授業遅延行為みたいなことを行われることもあるけれども、それ以外の大半の時間は、彼女たちにとって、俺は透明人間に等しい存在ということになる。彼女たちの中に「加島《かしま》先生に見られて恥ずかしい」なんて意識は、微塵《みじん》もない。

そう、ここでは関家先生みたいな「若くてかっこいい男性教師」しか、異性として意識してもらえない。

少なくとも俺の授業中には、白目を剝《む》いて居眠りしている生徒が毎回出現するし、さらには自宅から持ってきた昼寝用クッションを顔の下に敷いて堂々と寝ている生徒もいる。

「ねー、毛抜き持ってる？」

授業中、板書をしていたら、後ろからヒソヒソ声が聞こえてきた。一応俺に聞かれないようにしているような小声ではあるが、教室が静かなのでしっかり俺の耳に届いていた。

世の中の生徒は覚えておいてほしい。授業中のヒソヒソ声は、意外と教師の耳に届いている。注意されないのは、俺みたいな小心者の教師が気づかないフリをしているからだ。

「持ってるよー、はい」

「サンキュー」

板書を終えた俺は、前に向き直ってから、声がした方をなんとなく見た。

一人の女子が、開いた教科書の上に片手を置いて、近くの生徒から借りたらしい銀色の毛抜きで、第二関節の辺りをしきりにつまんでいた。

そう、彼女は指毛の手入れをしていた。

「…………」

透明人間すぎるだろ、俺。

「……はい、それでは続きを読んでください……」

見なかったフリをして、音読をする生徒を指名しようとして、俺の嗅覚は異臭を感知した。

異臭というか、それはおそらく「いい匂い」の分類に入るのは間違いないのであるが、授業中には漂うべきではない匂い……そう、シウマイの匂いだ。

決して「シュウマイ」じゃない。あの「シウマイ」特有の、ホタテ出汁《だし》の利《き》いた世にも香ばしい匂いだ。

すかさず教室の中をサーチすると、三列目の生徒が不自然に机に教科書を立てて、その中に首を突っ込んでいた。右手が何かを口にかき込むかのように忙《せわ》しく動いている。

彼女がしているのは鬼勉《おにべん》ですか？　いいえ、早弁です。

これも全国の生徒諸君に覚えておいてほしいことだが、授業中の早弁も教師にはバレている。注意されないのは、教師が俺みたいな意気地なしの陰キャか、カリキュラムの消化に焦《あせ》って注意の時間を惜しんでいるかのどちらかだ。

「………」

ここに立っているのが関家先生だったら絶対に行われなかったであろう女子の舞台裏行為の数々に、俺の中の全米がやるせなさに打ち震えた。

ニッポンよ、これが俺の日常だ。

「ねえねえ、マリめろー、『あれ』持ってる？」

授業後に教卓で退室の準備をしていると、教卓の前の席にいる生徒のところへ、一人の女子が来て話しかけた。

「うん、持ってるよ。朱璃《あかり》ちゃん、また忘れたの？　先月もあげなかった？」

「だって急に来るんだもんー」

言い訳のように言って笑う彼女に、教卓の前の女子、黒瀬《くろせ》さんが渡したのは、ポーチから取り出した生理用ナプキンだ。

慌てて目を逸《そ》らしたけど、バッチリ見てしまった。この学校に勤め始めてから何度も目にしているから、そのシルエットには見覚えがある。

「はい」

「ありがと、マリめろ！」

受け取った生徒……ギャル軍団の一員である谷北さんは、足早に教室を出ていった。

それを見て、黒瀬さんの後ろの席にいた女子たちが、ひそひそ話し始める。

「ちょっと、今、加島先生が海愛《まりあ》ちゃんのナプキン、ガン見してたんだけど」

「キモいよね、気を利かせて早く出ていけばいいのに」

「…………」

辛《つら》い。辛すぎる。思わせぶりに「あれ」とか言うからつい見てしまっただけで、そうとわかっていたら最初から見ないフリをしたのに。

だけど、ここで立場が弱いのは、圧倒的に数が少ない男性なので仕方がない。

♧

そんな日常の中で、俺を透明人間扱いしない生徒もいた。

「ねぇねぇ、加島センセー」

白河月愛《しらかわるな》だ。

あの日以来、彼女は何かと俺に話しかけてくる。

その多くは「おはよーございまーす」とか「さよーならー」とか当たり前の挨拶だけれども、今日は何やら違うみたいだった。

「ん？」

終礼が終わって放課後になったときで、俺はドキッとしつつも平静を装《よそお》って教卓から対応する。

「何？」

「加島センセー、さっき、あたしのブラ姿見た？」

「えっ⁉」

突拍子もないことを訊《き》かれ、俺はドキドキして彼女から目を逸らす。

「どーなの？」

白河さんは、ちょっと頰を染めて恥ずかしそうに俺を見上げている。

「ええっ……」

正直、わからない。視界には入っていたかもしれないが、個人を認識する前にテンパって廊下に出てしまった。

「……み、見てないよ」

すると、白河さんはなぜかガッカリしたような顔になる。

「えーそうなの」

そして、ボソッとつぶやいた。

「……ちょっと残念かも」

「えっ？」

どういうことだろうと、彼女の顔を見る。

そんな俺に、白河さんは恥ずかしそうに微笑《ほほえ》んだ。

「……加島センセーになら、見られてもよかったのになーってこと」

「えっ⁉」

「じゃーね、センセー！」

動揺する俺にヒラヒラと手を振り、白河さんは鞄《かばん》を持って足早に教室を出ていった。

「…………」

茫然《ぼうぜん》としていた俺は、他の生徒からかけられた「さようならー」の声で我に返った。

「あ、ああ……さようなら」

慌てて帰り支度をして職員室に向かいながら、頭の中ではさっきの白河さんの言葉がグルグル渦巻いていた。

——加島センセーになら、見られてもよかったのになーってこと。

なんてことを言うんだ。なんてことを……教師である俺に……まさかとは思うけど、彼女は俺のことが好きなのか？　いや、でもこの前は元カレとの復縁を考えていたし、そもそも彼女が俺に気があったとして、生徒と教師は付き合えないし……。

なんてことを考えているうちに、見そびれた白河さんのブラジャー姿を妄想してしまいそうになったりして、慌てて首を振る。

「……フーゾクとか行った方がいいのかな」

とりあえず、今夜はフィクションの世界の白ギャルにお世話になることで、冷静になろうと思った。

♧

ギャル軍団には、白河さんの他にも個性豊かなギャルがいる。

中でも、白河さんの次に目立っているのが山名笑琉《にこる》だ。服装・髪型の校則違反度は白河月愛と同レベルで、美人だが目つきが悪くておっかない印象なので、俺は心の中でひそかに「鬼ギャル」と呼んでいる。背が高い方で佇《たたず》まいも堂々としているから、まさに怖いものなしって印象だ。

白河さんとは一年の頃からの親友で、休み時間や放課後は、よく二人でつるんでいるのを見かける。

その日は朝から土砂降りで、夕方みたいに暗い空の下、やや憂鬱な気持ちで出勤した。職員室での全体ミーティングのあと、朝のホームルームの時間になって、俺はやれやれと重い腰を上げて自分の教室へ向かった。

A組の教室に着いて、教卓に近い前方のドアを開け、一歩踏み出した、そのときだった。

びしゃっ！

視界が塞がって、顔に冷たいものが張りついてきた。

「うわっ⁉」

その濡《ぬ》れぞうきんのような、白くてびしょ濡れのものをつまみあげて見ると。

「なっ……!?」

なんと、ルーズソックスだった。

上を見ると、ドアのレールの溝にハンガーがぶら下がっている。このソックスはそこに掛けられていて、ちょうど顔の位置に吊《つ》り下がっていたようだ。

「あっ、わりー、カシマ」

濡れルーズソックスを手に茫然としていると、山名さんがやってきて、俺の手からソックスを奪った。

「学校来る間にビッショビショになったから、そこで干してたんだわ。前のドア閉まってれば、みんな後ろのドアから入るし」

「俺はいつも前から入るんですけど……?」

「そーだったね。忘れてたわ」

「…………」

またしても透明人間扱いを受けて屈辱に震えるが、山名さんはいそいそとハンガーにソックスをかけ直して、位置を若干ドアの真ん中からずらしてレールにかける。

「……最初からそこにかければよかったのでは?」

「それなー」

俺のツッコミに、山名さんは朗らかに笑った。

「ルーズって乾くの時間かかるしねー」

「ほんと、マジで雨の日最悪ー」

近くにいたギャル仲間の谷北さんも加わって、山名さんと笑い合う。

そのとき、俺が開けたドアの向こうの廊下から、教室に顔を出した人物がいた。

「どしたー？　またA組はトラブルか？」

関家《せきや》先生だ。彼は隣のB組の担任なので、自分の教室に向かう途中に通りかかったのだろう。

すると。

「せっ、関家センセ……⁉」

傍《そば》にいた山名さんが、関家先生を見て驚きの表情になった。その顔がたちまち赤くなり、日頃のふてぶてしい態度が一変してしおらしくなる。

そんな山名さんを見て、関家先生は「ん？」という顔になる。

「山名か？　加島《かしま》先生にメーワクかけんなよ？」

「か、かけてないです……！」

嘘《うそ》です！　思いっきりかけられました！　びしょ濡れルーズソックスを！

そう訴えたかったが、山名さんの乙女全開リアクションを見たら、それもかわいそうに思えた。

関家先生はすぐに去ってしまったが、山名さんはしばらく廊下をぼうっと見つめていた。

その反応と表情を見れば、さすがの俺も、彼女が関家先生に恋していることに気づいた。

そういえば、彼女は一年の頃、関家先生のクラスだったなと思った。うちの学校は、基本的に一年のときの担任教諭がそのままクラスをシャッフルして三年まで持ち上がるので、一年の頃に誰がどのクラスにいたかの記憶はなんとなくある。

二年生のクラス替えについての話し合いのとき、どういうわけか「ギャルたちは、若者の気持ちがまだわかりそうな加島先生のクラスにまとめましょう」という方針になり、A組がこのようなクラス構成になってしまったことまで思い出して、複雑な気持ちになった。

たぶん、他の先生もギャルたちへの指導が面倒で、一番若い俺に押しつけたんだと思う。

「それパワハラだよねぇ？」と頭の中でベテラン司会者が言ってるけど、今さらもうどうすることもできない。

そんなとき。

「だいじょぶ？　加島センセー」

優しく声をかけられ、顔に乾いた布が当てられた。

見ると、白河《しらかわ》さんが目の前にいた。

「濡れソックス、気づかなくてごめんね」

微笑みながら、白河さんが俺の顔を拭いてくれる。

「……あ、ありがとう……」

白河さんが持っているのは、キャラもののタオルハンカチだ。オジサンみたいな顔をした、あまり可愛《かわい》くないウサギのキャラクターが全面に描かれている。

「……え、このキャラ気になる？」

俺がジロジロ見ていたからか、白河さんが笑って尋ねた。

「さすが加島センセー！　えーと……『オメガ高い』？」

「それを言うなら『お目が高い』？」

なんだか発音が変で、オメガ脂肪酸が高そうに聞こえたので訂正すると、白河さんはアハッと笑った。

「そーそーそれ！　さすが国語のセンセーだねっ！」

「…………」

別に数学の先生でも音楽の先生でも普通の大人なら知っている慣用句ではないかと思っ

たけど、褒められたのが少し嬉《うれ》しくて黙ってしまった。

ダメだ。俺は白河さんと話していると、つい教師ではなく一人の男になってしまいそうになる。

よくない。実によくないことだ。それはわかっている。

「このキャラはねー、『おさウサ』ってゆーんだ！」

「おさウサ……？」

「そー！『おっさんウサギ』がセーシキメーショーなんだけどね」

「そ、そうなんだ……」

「かわいーでしょ？」

白河さんのキラキラした瞳に当てられて、俺はつい頷《うなず》いてしまった。

「う、うん……」

「ほんと!? やったぁ！」

白河さんは小さい子みたいに無邪気に笑う。

「みんなに『シュミわるっ』って言われるのー！　セケンではけっこー人気出てきてるのに」

「いやだって、どう見ても顔オッサンじゃん」

「ルナち、好きなキャラまでシュミわるー！」

山名さんと谷北さんが笑ってツッコんで、白河さんは「聞き捨てならない」という顔になる。

「『まで』ってどゆこと⁉」

笑いつつも抗議の声を上げた白河さんに、友人たちは呆《あき》れたような視線を向ける。

「だって、ルナちの彼氏、いつも浮気《うわき》するじゃん」

「まぁ、そもそも道でナンパしてくる男なんてそんなもんよね。出会い方が悪いよ。だからあたしはいつも付き合う前に『よく考えろ』って言ってるのに」

「え～⁉」

二人に言われても、白河さんは納得しかねるようだ。

「だって、みんな最初はすっごくセージツなんだよ？　『お前しか見えない』とか真顔で言ってくれるし」

白河さんのこういう反論は聞き飽きているのか、山名さんと谷北さんは黙って苦笑している。特に山名さんの方は、「困ったものだ」というような、心配そうなまなざしを親友に注いでいた。

そんな友人たちに対して不服そうな顔で、白河さんは俺を振り返った。

「……どー思う？　加島センセー？」

「えっ……」

いきなり見つめられて戸惑う俺を見て、山名さんがせせら笑う。

「カシマにわかるわけないでしょ。たぶんドーテーか、素人《しろうと》ドーテーなんだから」

図星を指しすぎた言葉の刃が、二十四歳童貞の胸にグサッと突き刺さる。

くっ……この鬼ギャルめ！　お前の素の姿、関家先生にチクってやろうか⁉

とはいえ、ここで同じ土俵に上がるのは大人げないので、俺は悔しさをグッと呑《の》み込んだ。

「……いいから、みんな席に着いて。ホームルームを始めるよ」

結局、俺が口にしたのは、担任教師として至極無難な発言だった。

「はぁーい……」

それを聞いて、白河さんは素直に俺の言葉に従う。その表情には若干の不満が残されつつ。

♧

ひどい雨は、午後になっても降《ふ》り止《や》まなかった。

「げぇー、まだ全然湿ってるんですけど。マジ萎えるー、バイト直行なのに」

「まーいーじゃん、ニコるん。どうせ外出たらまた一瞬で濡れるんだし」

「あーね。マジ最悪だわ」

終礼後の教室で、一日中干していても生乾きだったらしいソックスを履いている山名さんと、笑ってツッコむ谷北さんを見て、俺は「あれ？」と思った。

白河さんがいない。

いつも二人の傍にいる彼女の姿が、教室内のどこにもなかった。まだ終礼が終わって一分も経《た》っていないのに。

まあ、トイレとかかな。

「…………」

そこで、意味もなく一人の生徒のことを気にしすぎている、担任としてあるまじき自分の姿に気がついて、慌てて白河さんのことを放念して教室を出た。

うちの学校は丘の上にあるので、帰りは駅まで長い坂道を下りていくことになる。坂道が緩くなって平地になると、もう駅前だ。

その、ちょうど坂が終わって駅前繁華街に近づく手前のあたりを歩いていたときだった。

相変わらずの雨の中、穏やかならざる男女の話し声を聞いた。

「マジでマジで！　これからはお前一筋だから！」

「ムリだよ。あたし、やっぱりシューヤのこと信じられない」

その女性の方の声にハッとして、俺は会話の発信源を見た。

道端にある電柱の近くで、二人の男女が向かい合って立っていた。男の方はビニール傘をさしていて、こちらを向いていたから全身の様子がわかる。

男子高校生だった。全体的にルーズな制服の着こなしと明るい髪色から、チャラそうな印象を受ける。背はそこそこに高く顔も悪くないので、陽キャな女子にモテそうだ。

女性の方は、ピンクの傘の全面をこちらに向けていて、腰から下しか見えない。でも、その水色のカーディガンと黒っぽいニーハイソックスには見覚えがありすぎた。

何よりその声が、間違いなく白河月愛《るな》だった。

「だって、シューヤって口ばっかりじゃん。ずっと」

「今度は行動でも示すから！　これからの俺を見てくれよ！」

「でも、もう裏切られたくないの。あたしだって信じたいけど……何が変わったの？」

「何もかもだよ！　俺は生まれ変わったんだ」

「それがほんとだとして、どうしたら今ここでシューヤが変わったってこと信じられるの？　あたしに教えてよ」

「だから……！」

そのとき、男の視線が俺の方に向いて留まった。

ただでさえ気が塞ぐような雨の中、痴話喧嘩《ちわげんか》と思《おぼ》しき男女をなるべく視界に入れないように駅へ急ぐ人々の中で、思わず足を止めて二人を見守ってしまった俺の姿は、彼の目に不自然に映ったようだ。

「……ルナの知り合い？」

「えっ？」

男に訊《き》かれて、白河さんがこちらを振り返った。

しまったと思ったけど、今さら通り過ぎるのも変なので、俺はそのままその場に立っていた。

俺を認めた白河さんの目が、大きく見開かれた。

「あっ、加島《かしま》センセー！」

それを聞いて、男が顔に驚きを表す。

「先生⁉」

「そう、あたしの担任のセンセー」

「………」

俺はどうしていいかわからない。

今は放課後だし、白河さんが他校の生徒と道端で立ち話をすることは、別に校則違反でもなんでもない。

とはいえ担任教師として無視するのも変だし、ここは「さようなら」と一言言ってから、駅へ向かって歩み出すべきだろう。

そう思いつつも動けなかったのは、俺を見つめる白河さんの顔に、すがるような切実さを見出《みいだ》したからだ。

「……友達？」

会話を立ち聞きしておいて白々しいかもしれないけど、俺は二人を交互に見て口を開いた。

「いえ、元カレです」

白河さんは、俺を見つめてきっぱりと答えた。

「いや、えっと……」

男の方は何か言いたそうだったが、言い切った白河さんを見て、口をもごもごさせる。

「元カレ」

俺は復唱した。

なんと続けていいかわからなかったからだ。

「……今は彼氏じゃないんだね」

二人とも黙っているから気まずくて、さらに当たり前なことを口にしてしまった。

すると、白河さんは大きく頷いた。

「そうです。『元カレ』です。これからも」

「そうか……」

すると、俺たちの会話を聞いて、男が居心地悪そうにそわそわし始めた。

「……じゃっ、じゃあなっ！　久々に会えてよかったよ！」

そして、逃げるように駅の方へ去っていった。

「……あたしは全然よくなかったけどね」

その後ろ姿が視界から消えてから、白河《しらかわ》さんは独り言のようにこぼした。

そして、目を上げて俺に笑いかけた。

「センセーが通りかかってくれてよかった」

その親しみと感謝のこもった微笑に、思わずドキッとして目を逸《そ》らした。

「……復縁を迫られてたみたいだね」

無表情で俺が言うと、白河さんは再び硬い表情になって頷く。

「うん。もうないって言ってるのに。あたしと連絡取れないからって、待ち伏せしてて。教室の窓から校門に立ってるの見えたからびっくりして、終礼のあと『そーゆーのやめて』って言いにいったんだけど……聞いてくれなくて……とりま学校から離れてほしくて、こんなところまで歩いてきちゃった」

そう言われてみれば、白河さんは傘以外持っていない。鞄《かばん》は教室に置いたままということか。

「……この前の電話は？　彼からだよね？」

電話がかかってくるということは連絡が取れているのではと、細かいところが気になって訊いてしまった。

「あれは、公衆電話からだったから出ちゃったけど、普段は知らない番号には出ないよ。あれからは公衆電話にも出てない。ＬＩＮＥとかインスタとかは別れたときにブロックしてるし」

なるほど。筋が通っているし、言い訳ではなさそうだ。

「……あのときは『考え中』って言ってなかった？」

「うん。で、考えたけど、やっぱりムリだって思った。一度浮気《うわき》した男の人を、あたしはもう心から信じられない」

「そうか……」

そう言った白河さんの顔がとても寂しそうで、俺はそれしか言うことができない。

そんな俺に視線を注いで、白河さんはふと笑った。自嘲みたいな微笑だった。

「だけど……顔見たらダメだね。一瞬『もう一度だけ信じてあげてもいいかな』って思っちゃった」

「……まだ、彼のことが好きなの？」

雨は降り続いていて、話している間にも、頭上から間断なくボトボトと雨粒が傘に当たる音が聞こえている。

白河さんは、力なく微笑した。

「ううん。……情かな。最初から、男の人として好きなわけじゃなかった気がする」

そして、傘の角度を変えて、不意に俺から表情を隠す。

「……でも、考えてみたら……今まで付き合った人、みんなそーかも」

だから、そう言ったときの彼女の表情は、俺にはわからなかった。

「……学校、戻るんだよね？」

しばらく無言が続いたので、俺は話題を変えた。

「えっ？　あー、そーだね」

白河さんが振り向いて、再び顔を見て話せるようになる。

その表情が、つと曇った。

「……でも、どーしよっかな。まだ元カレがそのへんにいて、あたし一人になったら、また追いかけてくるかもしれないし……」

「ああ……」

なるほど。そういうことなら……。

「一緒に学校まで戻ろうか」

俺の提案に、白河さんは驚いた顔をする。

「いーの？」

「うん。……だって、白河さんに復縁する気がないのに付きまとってくる元カレなんて……ストーカーみたいなものだろ？」

教師として、ここで教え子を守ることは当然に思えた。

「今日は家まで送るよ。後日付きまとわれるようなら、警察に相談した方がいいと思うし」

あのチャラそうな男子高生がそこまで一人の女性に執着するかは不明だけど、今日の様子ではなんとも言えない。

「…………」

白河さんは、しばらく無言で俺を見つめていた。

やがて、そっと口を開く。

「……ありがとぉ、加島センセー……」

微笑して細めた目には、光るものが見えたような気がして、俺は焦《あせ》った。

「……えっ……!?」

そんなに怖かったのだろうか。一緒にいたときは気丈な様子に見えたのに。

「さ、さあ、早く戻ろう。帰るのが遅くなる」

「あっ、そうだよね。送ってくれるんだし、センセーの帰りが遅くなっちゃう」

「…………」

俺の帰りが遅くなることを気にした発言ではなかったのだけど、わざわざ訂正するのも変な気がして、俺たちは急ぎ足で学校へ戻り始めた。

「……センセー、恋ってなんだと思う?」

しばらく無言で歩いていたら、白河さんがふとそんなことを言い出した。

「え……？」

知るわけない。なんなら、俺の方が教えてもらいたいくらいだ。

「……難しいね……」

しかつめらしい顔で答えるしかない俺を見て、白河さんは笑った。バカにするような笑いではなく、ほほえましそうな微笑だった。

そして、白河さんは、いまだ雨が降り注ぐ曇天を仰いだ。

「あたしね、恋がわからないんだぁ……」

きゅっと尖《とが》った小さな顎に、雨粒が降りかかる。その瞳は、曇り空を突き抜けて、その上にある青空を見透かすかのように、遠くへ向けられていた。

そこでハッとした。つい見惚《みと》れてしまった白河さんの横顔から意識を離して、彼女の発言の内容を顧みたからだった。

「……彼氏がいたのに、恋がわからない？」

俺のもっともな疑問に、俺を見た白河さんは、間違いを指摘された子どものように気まずげな笑みを浮かべた。

「そうだよね」

そして、足元に視線を注いで歩きながら言う。

「付き合ってみたらわかるのかなって思ってたんだ。……でも、そうじゃなかったみたい」

「…………」

正直、俺の頭の中は「何言ってるんだ、この子は……？」の疑問でいっぱいだ。

そんな俺を、白河さんがふと見上げる。

「センセーって、恋したことないの？」

その瞳に表れているのは純粋な好奇心のようだったが、俺はなぜか慌てた。

「えっ!? ……あ、あるに決まってるだろ」

「あるんだ」

白河さんは屈託なく笑った。

「どんな恋？」

「えっ……」

顔が子役並に可愛《かわい》くてスポーツ万能な、みんなのアイドル的存在だった女の子。隣の席で、よく話しかけてくれた女子。何かと親切にしてくれたゼミの仲間。

思えば、これまでの人生で「気になる女の子」はいつもいた。だが、誰とも何事もなく終わった。

俺から話しかければ。連絡先を訊《き》けば。二人で会う約束を取りつければ……。

何か働きかければ、動き始めそうな淡い恋もあった。

ただ、俺は何もしてこなかった。

「……言うほどのことはないよ」

「なにそれ」

俺の答えに、白河さんはおかしそうに笑った。

「せっかく誰かを好きになれたのに、『言うほどのことはない』恋なんて、あるのかなぁ……？」

彼女は本気でそう思っているようだ。

「『恋』したってことは、『付き合いたい』って思ったってことでしょ？」

「……そ、そうだね」

なんだかもう俺が誰とも付き合ったことない前提で話が進められているのが甚だ遺憾だが、事実なので訂正もできない。

「なんで付き合わなかったの？」

「なんでって……」

俺は俯《うつむ》く。もうだいぶ歩いているので、路面から跳ね返った雨水で膝下のズボンの色が変わり始めていた。山名さんのルーズソックスがびしょ濡《ぬ》れになったのも納得する雨だ。

「別に、告白とかしなかったし」

「じゃあ、向こうから告白されたら、付き合ってた？」

「……かもしれないね」

「『かもしれない』？」

俺の答えに、白河さんは怪訝《けげん》な表情をする。

「それって、付き合わなかったカノーセーもあるってこと？」

俺は頷《うなず》いた。

「そのときの状況を考えて……コミュニティ内でやりづらくなったりとか、他に優先することがあったりしたら、付き合えないと思ったかもしれないから」

「その人のこと好きなのに？　両想《おも》いだってわかっても？」

「でも、それとこれとは別じゃない」

「ええ〜」

白河《しらかわ》さんは「信じられない」と言いたげな非難がましい視線を俺に向ける。かと思うと、それは呆《あき》れたようなまなざしに変わった。

「……センセーって、めんどくさいね」

「普通だと思うけど」

「そんな『普通』、あたしの世界にはなかったよ？　男の人って、好きになったら頭の中セーヨクに支配されちゃって、相手にチョトツモーシン？　って感じだと思ってた」

「そういう人もいるよね」

そして、得てしてそういう考えなしの性欲魔人の方が女性にモテるというのが、世の中の皮肉な現実だ。

すると、白河さんは何を思ったのか黙り込んだ。

少しして、歩きながら顔を上げる。

「……センセーみたいな男の人がお父さんだったら」

小さな声で、彼女は独り言のように言った。

「あたし、きっと……今でもずっと幸せだったんだろうなぁ……」

「えっ……」

そこで、彼女の家族構成を思い出した。白河さんの家庭調査表には、父親と祖母の名前だけが書かれていた。

白河さんの両親は離婚している。そこにどんな事情があるかまでは知る由《よし》もないが、彼女のこの様子を見れば察するものはあった。

「あー、ルナちー！　と、加島《かしま》先生？　どーしたのー？」

すれ違う通行人の中には、終礼後お喋りなどして帰りが遅くなった星臨の生徒たちもいる。そこで声をかけてきたのは、谷北さんだった。その隣には同じくA組の黒瀬《くろせ》さんもいる。

黒瀬さんは清楚《せいそ》な見た目の美少女で、微塵《みじん》もギャルではないが、谷北さんを始めギャル軍団とは仲がいい。

というのも……。

「アカリー！　……と海愛《まりあ》！」

白河さんが、その姿を見て目を輝かせた。

「ねえ海愛、今日家行ってもいい？」

「えっ？　いいけど……」

「やった！　元カレに待ち伏せされてて、一人で家帰るの怖かったんだぁ。泊まってってもいい？」

「いいんじゃない？　一応お母さんに聞いてみるけど」

「ありがと！　じゃあ、ちょっと教室から鞄《かばん》持ってくるから、一分だけ待っててくれる⁉」

俺たちはもう坂の上まで来ていて、校門は目の前だった。

黒瀬さんに許可をもらった白河さんは、校舎に向かって歩き出しながら、俺の方を振り返る。

「そーゆーことだから、もうだいじょぶ！　ここまで送ってくれてありがと、加島センセー！」

雨空の下に不釣り合いな明るい笑顔で、俺に向かってヒラヒラ手を振る。

「あ、ああ……」

つい手を振り返しそうになって、教師の立場を思い出し、上げかけた手を慌てて下げた。

「あー！　それで元カレから庇《かば》うために、ルナちが学校戻るのについてきてたの？　加島先生」

今頃ようやく気づいたように、谷北さんが俺に言った。

「そうだよ」

「へー、意外といい先生じゃん！」

生徒からの謎の上から目線に困惑するが、谷北さんに悪気はないらしい。

心の中で苦笑いしていると。

「月愛《るな》のために、ありがとうございます、加島先生」

隣の黒瀬さんが、そう言って、俺に向かって軽く頭を下げた。その整った顔立ちには、穏やかな微笑が浮かべられている。

「うん。じゃあ、二人も気をつけて帰って」

そう言うと俺は踵《きびす》を返して、上ってきたばかりの坂道を下り始めた。

黒瀬さんは、白河さんの双子の妹だ。白河さんとは逆に、黒瀬さんの家庭調査表には、お母さんと祖父母の名前が書いてある。

うちの学校は、授業参観や保護者会における保護者の負担を考えて、双子は同じクラスに振り分けることにしている。

といっても、二人は同一世帯ではないので、入学前にご両親の意向を訊いてみたのだが、黒瀬さんのお母さんは「娘二人の姿が一緒に見られたら嬉《うれ》しい」とのことで、白河さんのお父さんは「母親側の意向に任せる」との回答だったので、格別に配慮することなく、原則通り二人は同じクラスになった。

坂道を下り終わった頃、傘に当たる雨音が聞こえなくなった。

「……あ」

傘から顔を出してみると、雨は上がっていた。

薄い雲の向こうから、だいぶ西に傾いた太陽が姿を見せている。

——センセーみたいな男の人がお父さんだったら、あたし、きっと……今でもずっと幸せだったんだろうなぁ……。

白河さんの憂い顔を思い出しながら、俺は傘を閉じ、まだ雨水が溜《た》まるアスファルトの上を、駅まで慎重に歩いていった。

♧

俺が住むK市は、首都圏のザ・ベッドタウンだ。多くの人が東京都内の会社や学校に通い、日中の活動を終えると都内から帰ってくる。その結果として、最寄りのK駅は、通勤時間帯に鬼のように混雑する。

その日、俺は少しだけ寝坊をしてしまった。いつもは授業の準備などのために余裕を持って出勤するのだが、職員室の全体ミーティングに間に合うギリギリの時間帯に駅に着いて、入線してきた電車に慌てて乗った。

とにかくホームからものすごい人が車内に乗り込むので、最後の方に乗った俺は、中の方に人を押し込みながら、ドアの上部を手で摑《つか》んで、自身の身体《からだ》で栓をするように乗り込んだ。

（ふう……）

ドアが無事に閉まったことに安堵《あんど》して、腕の力を抜いた。あとは自分の体重だけ支えていれば、車内の人口密度は揺れるたびに均《なら》されて均等になる。

そうして、荒川を渡るときの土手の景色をぼんやり眺めていたときだった。

腰のあたりに、不自然な圧力を感じた。見ると、俺の横に女子高生がいた。彼女は混雑の中で何かを避けるように身を捩《よじ》っていて、それが隣にいる俺に伝わってきたのだった。

しかも、その女子高生は。

（黒瀬さん……!?）

そういえば、黒瀬さんの住所は同じK市だったと思い出した。いつもは俺が乗る時間がもっと早いし、この人の多さだから、今までなかなか出会わなかったのだろう。

俺がすぐに声をかけなかったのは、車内の人口密度がすごく、みんな無言なので沈黙を破りづらかったのと、黒瀬さんが俺にまったく気づいていないからだ。

黒瀬さんは、しきりに自分の背後を気にしていた。

（何かあるのか……？）

気になって見た俺は、あっと思った。

黒瀬さんの制服のスカートの太ももあたりに、誰かの手が当たっていた。

確認すると、それは彼女の後ろにいるスーツ姿の中年男の手だ。

だが、はたから見ると微妙なところだ。男がスカートに触れているのは掌《てのひら》ではなく手の甲だし、必然的に他人と身体が触れ合うこの乗車率では、故意なのか偶然なのかわからない。

（痴漢か……？）

でも、彼女がその手を気にして逃れようとしているのはわかった。

次のA駅は乗り換え駅なので、車内から大勢の人が降りる。ドア付近にいる俺と黒瀬さんは、人の流れに逆らえずに一旦ホームに降りることになった。

ところが、黒瀬さんの後ろにいた中年男は、まるで影のように彼女の後ろにぴったりとついて、そのまま再び車内に乗り込もうとしていた。

もうこれは、九割方痴漢で間違いない。

でも、こんなときどうしたら？

警察に突き出すのにも勇気がいるし、そんなことしていたら学校に遅れてしまうし、それにもし、俺の勘違いだったら……冤罪《えんざい》で一人の人間の人生を狂わせてしまう……そんな迷いもあった。

一瞬のうちにさまざまな迷いに苛《さいな》まれた俺が、選んだのは。

とりあえず、黒瀬さんを男から引き離すことだった。

A駅では多くの人が降りたが、乗ってくる人も多い。依然として満員電車の車内の中で、中年男はさっきと同じように黒瀬さんの後ろに陣取った。

そこで、俺は多少強引に車内を移動した。

押し入るように無理やり男と黒瀬さんの間に入って、黒瀬さんと俺の間に若干の空間を作る。

「……？」

俺の不自然な移動を不審に思ったのか、そこで黒瀬さんが後ろを振り返った。

「あっ……」

目が合って、彼女は俺に気づいた。

「大丈夫？」

俺は小声で尋ねた。

黒瀬さんは無言で頷《うなず》いた。

それから学校の最寄りのO駅に着くまでの五分ほどの間、俺は彼女の身体が他人と触れ合わないように空間を保ち続けた。

黒瀬《くろせ》さんは俺に背を向けたまま、何をするわけでもなく俯《うつむ》いていた。

Ｏ駅のホームに降りてから、俺は改めて黒瀬さんと口を利《き》いた。

「……もしかしてだけど……痴漢に遭ってなかった？」

俺の問いに、黒瀬さんは小さく頷いた。

「やっぱり……」

それなら、捕まえて駅員に引き渡した方がよかったのかもしれない。

「……ごめん。動画とか撮っておけばよかったかな……。『絶対に痴漢だ』って確信がなくて……」

俺の謝罪で、黒瀬さんはようやく顔を上げた。

「ううん、先生は悪くない」

首を横に振り、俺をちらと見上げる彼女の上目遣いに、少しドキッとした。白河《しらかわ》さんとはタイプが違うけど、黒瀬さんも滅多にいないレベルの美少女だと思う。

「助かりました。ありがとうございます……」

そう言うと、彼女は礼儀正しく頭を下げた。

行きがかり上、俺たちは混み合った駅構内を抜けて、一緒に学校へ向かうことになった。

天気は、今日もあまりよくなかった。雨こそ降っていないものの、空には分厚い雲が垂れ込めて、太陽の姿を隠している。いつ降り出してもおかしくない。まだ五月だけど、走り梅雨の季節なのかもしれない。

「……先生、あのね」

少し歩いてから、黒瀬さんが言いづらそうに口を開いた。

「痴漢に遭うのは、今日だけじゃないんです」

「えっ？」

「わたし、大人しそうに見えるからなのか……昔から電車でよく痴漢に遭って」

悲しそうに、悔しそうに唇を噛《か》んで、黒瀬さんは足元を見つめて小さく言った。

「今日の人は、二週間前くらいから毎日……」

「毎日⁉」

びっくりして、大きな声を出してしまった。

生徒の登校時間とも重なっているので、辺りには星臨の生徒もちらほらいる。アットホームな学校だから、生徒と教師が話しながら登校する様子も珍しくはないけど、俺の声に、近くにいた他学年の生徒が「なんだ？」という視線を注いだ。

「……それほんと？　ほんとに同じ人？」

少し声を小さくした俺の問いに、黒瀬さんはそっと頷いた。

「顔を確認できない日もあるけど、いつも手に同じ腕時計をつけてるから」

「なるほど……」

彼女がそう言うならそうなのだろう。

「……違う車両に乗ってみたりしたら？」

「やってみました。それでも変わらなくて……二、三本電車の時間をずらしてみても同じで……。それ以上の対策は現実的じゃないし……。痴漢行為そのものも嫌だけど、改札とかでわたしが来るのを待ってるのかもしれないと思ったら怖くて、近ごろ毎朝憂鬱でした」

「…………」

思ったより陰湿な痴漢で、俺は言葉が出ない。

なんて卑劣な男なんだろう。そんなに可愛《かわい》い女の子にいやらしいことがしたいなら、せめて人様に迷惑をかけないよう、一人でそういうエロゲでもやってシコっててほしい。俺みたいに……ってやかましいわ！

心の中の自分の声にツッコミを入れつつ、実際に痴漢被害に遭っている目の前の黒瀬さんに対してかける言葉を探す。

「痴漢されるのは、Ｋ駅からＯ駅までの電車内だけ？」

「そうです」

「朝だけだよね？」

「はい」

「そうか……」

そこまで聞いて、俺は隣を歩く黒瀬さんに視線を注いだ。

「黒瀬さんは、どうしたい？」

「えっ？」

「だから、その痴漢を捕まえて、そいつに社会的制裁を受けてほしいとか……被害がなくなればそれでいいとか」

黒瀬さんは少し考え込む様子で足元に視線を落としてから、思慮深げに口を開いた。

「……わたしは、ただ普通に電車に乗りたいだけです」

「そうか……」

それなら、俺のこの提案を話す意味がある。

「よかったら、俺がこれから毎朝、今日みたいに付き添おうか？」

「えっ？」

「俺も最寄りK駅なんだ。今日はちょっとギリギリだから、乗る電車はもう二、三本早い方がありがたいけど……」

「いいんですか……？」

黒瀬さんは、大きな瞳で俺を見た。

「うん」

さすがに一、二週間もすれば痴漢も黒瀬さんのことを諦めるだろうし、長くても一学期いっぱいのことだろうと思ったらそれほどの負担でもない。

「…………」

黒瀬さんはしばらく答えなかった。

迷惑なのだろうかと思ったとき、黒瀬さんが再び俺を見た。

「……加島《かしま》先生は、なんでそんなことをしてくださるんですか？」

「えっ？」

黒瀬さんは少し困ったような顔をしている。

もしかしたら、と思った。

昔から痴漢に遭い続けてきた彼女は、大人の男から向けられる好意を警戒しているのかもしれない。

「……自分の担任の生徒だから」

だから俺は、なるべく感情を込めずに答えた。

「それ以上でも、それ以下でもないです」

少し冷たい言い方になってしまったけど、誤解されたくないので事実のみを伝えた。

黒瀬さんは、また少し黙った。

そして。

「……ます……」

蚊の鳴くような声が聞き取れなくて「えっ？」と彼女を見ると、黒瀬さんは少し頰を染めて俺を見上げていた。

「ありがとう……ございます……」

そして、恥ずかしそうに、そう言った。

♧

翌朝から、黒瀬さんの満員電車ボディガード生活が始まった。

「おはようございます、加島先生」

一週間も経《た》つと、黒瀬さんはだいぶ打ち解けた笑顔で挨拶してくれるようになった。

俺に気を遣っているのか、黒瀬さんはいつも俺より先に来ていた。だから俺も早く来るようになって、決めた時間より早い電車に乗れるときもあった。

俺たちは、人々が殺伐とした表情で吸い込まれていく改札機の手前の柱で落ち合い、言葉少なにホームへ向かう。

でも今日は、駅の様子がいつもと違うことに気がついた。

「次に到着する電車は、先ほど安全確認を行った影響で、現在七分ほど遅れて、お隣N駅を発車しました」

ホームに駅員のアナウンスが流れていた。電車を待つ人の列も、いつも以上に密になっている。

到着した電車は、案の定ものすごい乗車率だった。

「……どうする？」

傍《かたわ》らの黒瀬さんに訊《き》くと、黒瀬さんはためらいなく答えた。

「乗れるなら乗ります。先生が遅れちゃうと悪いから」

「……そっか。ありがとう」

混雑によるこの先の遅延も予想されるので、俺は覚悟して電車に乗り込んだ。

俺たちは、ドア付近にギリギリ乗り込むのがやっとだった。

とにかく激しい満員電車なので、普通にしていたら全方位にいる人と密着してしまう。

だが、俺は黒瀬さんのボディガードだ。黒瀬さんは俺に背中を預けている格好なので、これで密着したら俺が痴漢になってしまう。

俺はドアの窓の部分に両手をついて、黒瀬さんと自分の身体《からだ》の間に、なんとか指一本分くらいの隙間を作った。

揺れるたびに乗客の重心が動いて、場合によっては大変な圧力がかかってくる。

それでも、俺はその貴重な隙間を、なんとかして死守し続けた。

「…………」

黒瀬さんの表情はわからない。彼女は女子の中でも背が低いので、俺の顎の下に彼女の頭がある。女の子らしいシャボンのようなシャンプーの香りが、電車に乗っている間中ずっと漂っていた。

O駅で降車したとき、俺の両腕はプルプル震えていた。明日は間違いなく筋肉痛だ。

「黒瀬さん、大丈夫だった？」

「はい」

ホームで尋ねると、黒瀬さんは頷《うなず》いて俺を見た。そして、なぜかふふっと笑う。

「……先生、すごい汗」

「えっ……」

ものすごい体力を使ったし、言われてみれば汗をかいた気もする。

「ちょっと待ってね」

普段丁寧な口調の黒瀬さんのタメ口に、少しドキッとする。

彼女は自分の鞄《かばん》を探って、花柄のハンカチを取り出した。そして、背伸びをするように俺の顔に手を伸ばす。

ハンカチで俺の額の汗を拭いて、黒瀬さんは微笑《ほほえ》んだ。

「……はい」

「あ、ありがとう」

その微笑みが優しく慈愛に満ちて見えて、思わず動悸《どうき》を感じてしまった。

白河《しらかわ》さんに「おさウサ」のタオルハンカチで顔を拭いてもらったときを思い出した。

二卵性の双子で顔の造作はさほど似ていない二人だが、その表情が、あのときの白河さんと重なった。

「こちらこそ、ありがとうございます、加島先生」

親しみと感謝がこもった微笑みを湛《たた》え、黒瀬《くろせ》さんは俺に礼を言う。

「それじゃあ、また」

そう言って、黒瀬さんは朝のホームを先立って歩き出す。

数日前から、黒瀬さんは「毎朝一緒に登校するのは変だから」と言って、O駅に着くと別々に登校するようになった。

「……あ」

数歩歩き出してから、黒瀬さんは俺を振り返る。

「今日もありがとうございました」

お辞儀して言って、勢いよく跳ね上がった黒髪のせいで、その表情はわからない。彼女はそのまま雑踏に消えた。

「……さっき一度お礼言ったから、いいのに」

その律儀《りちぎ》で義理堅い様子が、黒瀬さんらしいなと思った。

♧

その数日後のことだった。

「ボディガード、今日まで大丈夫です。ありがとうございました」

朝、改札前で落ち合った俺に、黒瀬さんが淡々と言った。

「え、いいの？」

始めてからまだ二週間も経っていないのに。

「はい。やめてみないと、大丈夫かどうかもわかりませんし」

「確かに……」

俺が付き添うようになってから痴漢はすっかりナリをひそめているので、黒瀬さんの言う通りだ。

「不安はないの?」

「ないわけではないですけど、いつまでも先生に付き合っていただくわけにはいかないですし、一人でも乗ってみないと」

黒瀬さんが言うことは、何から何までその通りだ。

「わかった。じゃあ、今日が最後だね」

俺が言うと、黒瀬さんの表情に一瞬さっと影がさす。

「……はい」

ちょっと寂しそうに、黒瀬さんは頷いた。

けれども、それはほんの一瞬の表情だったので、もしかしたら俺の見間違いだったのかもしれない。

K駅からは、今日も大量の人が車両に乗り込んだ。

俺が思う満員電車の立ち位置のベスポジは、混雑度にもよるけど、基本的に長い座席に挟まれた通路の中側だ。両側に人が座っているから、乗客も遠慮して圧力をかけにくく、ドア付近に比べて人口密度が低い。

逆を言えば、ドア付近には時に無茶苦茶な圧力がかかることがある。だから極力避けたいところだが、タイミングによっては中に入れないこともある。

今日もそうだった。うっかり出入り口の反対側のドア付近へ押し込まれてしまって、後ろから押し寄せる人波のせいで移動もできなかった。

とりあえず痴漢対策として黒瀬さんをドアの角に立たせて、俺自身も彼女と身体が触れ合わないように、向き合って窓と壁に肘をつく。二度目の筋肉痛確定乗車だ。

この体勢は、背中から受ける圧力には強いのだが、反対側からかかる重力……つまり、つま先が持ち上がるように揺れたとき、後ずさりするようによろけてしまいがちになる。どこにもつかまっていないからだ。

まあ、最初から重心を前傾にしていれば、大抵はそんなによろけることもない。

そう思っていたのだが。

運転士が新人なのか、今日の電車は横揺れが多かった。加えて、俺たちが乗ったドアは、車両の繋《つな》ぎ目に近く、ただでさえ揺れやすい場所でもあった。

一際《ひときわ》大きく揺れた際、俺はつい後方に身体を持っていかれそうになった。

「うわっ」

小さく叫んで、体勢を立て直そうとしたとき。

「……⁉」

黒瀬さんが俺の腰に手を回し、俺の胴体をつかまえてくれた。

おかげで俺は大きくよろけることなく、その場に踏みとどまることができた。

だが、俺が体勢を持ち直してからも、黒瀬さんは俺の腰に手を回し続けている。

「……あ、ありがとう」

「……どういたしまして」

お礼を言った俺に、彼女が小さな声で返してくる。

黒瀬さんはそのまま動かない。

次の駅に着いても、黒瀬さんは俺に抱きついて、俺の胸に顔を埋《うず》める体勢のままだった。

周りから見たら、これはどう考えても恋人同士の所作だ。星臨の関係者が乗り合わせていないか、俺は焦《あせ》って辺りをキョロキョロしてしまった。

「……黒瀬さん？　も、もう大丈夫だから……」

「でも、また揺れたら心配だから。支えておきます」

黒瀬さんは、相変わらず抱きついたまま答えた。

「これで最後だから……」

彼女の顔は見えないけど、腕に込められた力から、俺の胸に頬を押しつけている仕草から、なんだか彼女のせつない気持ちを感じてしまって、何も言えなくなった。

黒瀬さんのシャンプーの香りが、いつにも増して濃く立ちこめている。やわらかい身体の感触を腹部に感じてむずむずする。

うっかり反応してしまうようなことだけは避けたいので、俺は時々実母の顔を思い浮かべたりして、目の前の黒瀬さんの存在になるべく意識が向かないようにO駅まで耐え抜いた。

たった数分のことだったけど、O駅に着いたとき、俺はすっかり消耗していた。朝から一日分の精神力を使った気分だ。

O駅でドアが開くと、黒瀬さんは俺の身体から離れた。

ホームに降り立って向かい合い、ようやくその顔が見える。

彼女は頬を紅潮させて、恥ずかしそうに俯《うつむ》いていた。

「……ありがとうございました」

それだけ言って、黒瀬さんは俺に背を向けて歩き出した。

「…………」

何も答えることができなかったのは、彼女のその様子に、俺に対する気持ちを感じてしまったからだ。

同時に、ついさっきまで感じていた身体の感触やぬくもりが蘇《よみがえ》ってきて、身体の中心に熱を感じそうになって。

そんなわけないだろう！　あんな美少女が！　この勘違い童貞め！

慌てて自分を叱咤《しった》して、無理に気持ちを切り替えて改札へ向かった。

辺りについ黒瀬さんの残り香を探しそうになる自分を、心の中でタコ殴りにして。

♧

ボディガードが終わってからも、登校中に黒瀬さんを見かけることはあった。

ある朝、学校へ向かう坂道を歩いていたら、前方に黒瀬さんと谷北さんがいた。

ここに勤め始めてまず驚いたことは、女子校には意外とヒエラルキーがないということだ。

女の園というと、つい「大奥」のようなドロドロした人間関係のイメージを抱いてしまうけれども、考えてみたら、あれは殿様の寵愛《ちょうあい》を巡ってそうなっているだけで、奪い合う男がいない女子だけのコミュニティは、案外どこでも平和なのかもしれない。

そして、我がA組の空気がとりわけ平和なのは、共学だったら間違いなくヒエラルキートップに君臨したであろう白河さんのフレンドリーさが大きいだろう。

「おっはよー！」

後方から聞き覚えのある声がして、後ろを振り返ると、白河さんがいた。

白河さんが声をかけたのは、A組の生徒二人組だった。黒髪を一つ結びにして、化粧っけのない顔で登校してくる、校則準拠の真面目な生徒たちだ。

「おはよう、白河さん」

「おはよう」

二人は、白河さんに明るい表情で応じる。授業中には見られない、生き生きとした二人の様子に、白河さんの人望を感じた。

「ねぇ聞いて、あたし、今日の朝ご飯に自分で目玉焼き作ったんだけどさぁ」

白河《しらかわ》さんは、二人の隣に並んで、そのまま話し出した。

「まだ寝ぼけてて、卵の中身を思いっきり流しに捨てて、殻をフライパンで焼いちゃったんだよね！」

「えっ、マジ⁉」

「そんなことある⁉」

「あるある！　さっきやったし！」

「目玉焼きどうしたのー？」

「二個目の卵で作り直した！　怒られるからおばあちゃんにはナイショー！」

「おっかしー！」

「白河さん、ウケるー！」

二人は、白河さんの話に大笑いだ。通りすがりの知らない人が今この瞬間の彼女たちを見たら、いつも一緒にいる仲良し三人組のように思うだろう。

ちらちら後ろを振り返ってその様子を見ていた俺は、そのとき白河さんと目が合ってしまったことに気づいた。

「あっ、加島《かしま》センセー！　おはよーございまーす！」

弾《はじ》けるような笑顔で、こちらに大きく手を振って、白河さんは俺に挨拶した。

一緒にいる二人も俺に気づいて「おはようございます」と会釈《えしゃく》する。

「おはよう」

三人に挨拶を返して、俺は前に向き直った。

そして、心がシクッと痛むのに気がついた。

……何も俺が特別なわけじゃないんだ。

白河さんは、みんなに優しくて、みんなに愛されてる。

——あたし、加島センセーみたいな男の人と付き合いたかったなぁ。

——加島センセーになら、見られてもよかったのになーってこと。

あんなことを言われたからって、どこかで自惚《うぬぼ》れていた気持ちが、少し萎《しお》れてしゅんとしてしまった。

そして、生徒に対して何を考えているんだろうと、そんな自分を深く恥じた。

そして、前方の坂上を歩く黒瀬《くろせ》さんが視界に入って。

彼女に抱きしめられたときのぬくもりを思い出して……慌てて首を振って、熱くなりかけた心身を冷ます。

あの美少女姉妹は、俺にはまぶしすぎる。

♧

黒瀬さんのボディガードが終わって、俺は再び透明人間としての日常に戻った。

「やった、一限間に合ったぁー！」

ある日、A組で一限の現国の授業をしていると、谷北さんが勢いよくドアを開けて教室に入ってきた。

「間に合ってねーし」

「残念だね、アカリ」

山名さんと白河さんが、自分の席から声をかける。

谷北さんは、ギャル軍団の中でも個性的な子だ。小さな身体《からだ》に見合わずパワフルで我が道を行くところがあって、勉強そっちのけで、いつも何かの推し活で忙しそうにしている。

友人たちの言葉に、谷北さんは「えっ？」と教卓にいる俺に目をやった。

「だって、加島先生じゃん。ホームルームやんな？」

「一限現国なー。時間割忘れた？」

山名さんに言われて、谷北さんはようやく合点がいったようだ。

「そっかー、まぁしゃーなし」

そう言って、谷北さんは自分の席に着く。

「今朝電車で痴漢されてさー、捕まえてたんだー。奥さんが駅員室に菓子折り持ってきて示談になって、五十万ももらっちゃった」

「えっ、それマジ⁉ ヤッバ！ 今度からあたしも痴漢されたら捕まえるわ！」

谷北さんのあっけらかんとした発言に、山名さんだけでなくクラスの全員がどよめく。

「でも、お金はママに没収されちゃった。『うちの手柄だからちょうだい』って言ったら、『そんなことより、一人で痴漢捕まえるなんて危ないことしないで』ってなんかめっちゃ怒られた。マジ最悪ー」

谷北さんは不満げだ。

「でも、確かにー！」

「アカリ強すぎ！」

「怖くなかった⁉」

「私いつも『やめてください』も言えないよー！」

女子校では、クラスで半年に一回くらい、痴漢を捕まえてヒーローになる生徒が現れる。被害に遭ったことがある生徒はもっと多そうだが、女子高生が大人の男を捕らえて告発するというのは、それだけハードルが高い行為なのだろう。

「えー、どうやって捕まえたの⁉　やってみてー！」

一人の生徒がそう言って、谷北さんに後ろから抱きついた。普通身長くらいの子だけど、谷北さんが小さいので、後ろからすっぽりハグするような感じになる。

「いや、なんでバックハグ⁉」

谷北さんがツッコんで、爆笑が起こった。

「えーいいな、あたしもやるー！」

白河さんが言って、その生徒に代わって谷北さんに後ろから抱きつく。

「いや、おんなじだし！」

「あはは！」

白河さんは笑って、谷北さんの胸の前に腕を回した。

「アカリ、可愛いー！　抱き心地サイコー！」

「ほらアカリ、あたしの膝の上おいでー！」

席に座っている山名さんが、ミニスカから出た自分の太ももを叩《たた》いて呼ぶ。

「何これ！　もう痴漢カンケーないじゃん！」

ツッコみながら、谷北さんは山名さんの膝に素直に座る。

「ほい、シートベルト」

山名さんが谷北さんのお腹《なか》の辺りに手を回して抱きしめて、そう言った。

「はーい、じゃあもう車通学にしますねー、って、そういうオチ⁉」

谷北さんがツッコんで、教室に再び笑いが起こる。

それを見守りながら、俺は内心ドキドキしていた。

女子校の生徒は、生徒同士の物理的距離が近すぎる。女性アイドル同士が仲良くしていても「そういう営業」と見てしまう心があるけど、ここにはリアルな女の花園が広がっている。

「はいはい、谷北さんの話はあとで聞くから、とりあえずみんな自分の席に座って。授業中だよ」

俺はそう言って、さりげなく黒瀬さんを見る。

黒瀬さんは今の一連の騒ぎにも一切加わらず、何事もなかったかのように現国の教科書に視線を注いでいた。

世の中には、いろんな女の子がいる。

いろんな男がいるのと同じように。

そのことを、モテない俺は、女子校の教師になって初めて知った。

今の現国の授業では、夏目漱石《なつめそうせき》の『こころ』をやっている。

改めて説明するまでもないが、『こころ』は「先生と私」「両親と私」「先生と遺書」の三部からなる明治時代の日本を舞台にした小説で、高校の教科書には大抵最後の「先生と遺書」の部分が掲載されている。

そこには、語り手である「私」が「先生」と慕う人物から受け取った遺書の内容が書かれている。若かりし「先生」と親友の「K」が、下宿先の娘である「お嬢さん」をめぐって恋の三角関係になり、悩んだ「先生」は計略によって「お嬢さん」との婚約に成功し、それを知った「K」が自死するというのが大まかな筋になる。

もはや古典とも言える文語体の近代小説は、現代の青少年にはとっつきづらいはずだが、恋愛がテーマで、仲の良《い》い友人との三角関係という内容が身近に感じられるのか、女子高生にはわりかしウケがいい単元だ。

「さあ……」

俺は、黒板にチョークで文章を書きながら言った。

「ここで『先生』が『K』に対して『精神的に向上心のないものは、馬鹿だ』と言ったのはどうしてでしょう？」

こういうふうに質問したとき、教室にいる生徒の中で、俺の顔を見ているのは二割くらいだ。

その中に、白河さんがいた。

珍しい、と思った。

しかも、彼女の表情には普段には見られない熱がこもっている気がして、俺は思わず彼女に声をかけた。

「白河《しらかわ》さん、わかりますか？」

名前を呼ばれて、白河さんは肩をビクッとさせた。ずっとこっちを見ていたし、そんなに驚くものだろうかと不思議に思った。当ててほしくない生徒は、普通教師から目を逸《そ》らしているものだ。

「え？　は、はい……」

少し動揺したそぶりを見せながらも、白河さんは口を開いた。

「『K』に『お嬢さん』を諦めてほしいから……？」

当たっていたので、俺は「ちゃんと授業を聞いていたんだ」と、失礼にも感心した。

「そうですね。では、なぜ『先生』は『K』に『お嬢さん』への恋を諦めさせたかったのですか？」

「え？　えっと……『先生』も『お嬢さん』のことが好きだから？　シット……的な？」

「ではなぜ、その言葉で『K』が『お嬢さん』を諦めると思ったのでしょうか？」

さらなる問いに、白河さんの顔が一段と自信なげになる。

「えーっとぉ……前に『K』が自分で言った言葉……だから？」

「そうですね」

彼女にこれ以上訊《き》くのはかわいそうだと思って、俺は板書に移った。

「今の人たちにとっては、もしかしたら『恋愛』というものは、自分を高め、向上させてくれるものという意識があるかもしれません。だから、この『K』の考え方がピンと来ない人も多いように思います」

俺も一応「今の人」だし、別に恋愛が道の妨げになると思っているわけではないんだけど、こうして独り身の人生を続けているのはなぜだろう……と思いながら、チョークを走らせる手に忸怩《じくじ》たる思いを込める。

「ここで注目してほしいのは『K』が『お寺の息子』である点です。仏教の教えでは、女色……つまり男性が女性に恋をすることは、修行の妨げになるとして禁じられています。正確に言えば『K』の生家は妻帯を認められた浄土真宗であり、そこまで厳しく考えることはなかったのでしょうが、その点については『先生』自身が『男女に関係した点についてのみ、Kは生家の宗旨とは違っていた』というように書いています。つまり『K』は、個人的に恋愛を良しとしない信条を持つ人間だったのです。女性にうつつを抜かすことなく、学問や精神的な鍛錬に精を出すことが、『K』にとって『精神的に向上心のある生き方』ということになるのです」

板書を終えて振り返ると、生徒たちの多くがポカンとしている。やはり、このあたりは感覚のずれが大きいのだろう。

「……はい」

そこで声がして、見ると黒瀬《くろせ》さんが手を挙げていた。黒瀬さんは優等生なので、こちらが質問すると正解を答えてくれることは多いが、彼女が自ら手を挙げるのは珍しい。

「なんですか、黒瀬さん」

俺が尋ねると、黒瀬さんはなぜかためらいがちに口を開いた。

「……でも、いけないとわかっていても、恋してしまったら、どうすればいいんでしょうか？」

その発言は、まるで自分がまさしくその状況にいて、救いを求めるかのような問いに聞こえた。

生徒たちもそう思ったらしくて、授業中とは思えないような冷やかしの声が上がった。

「え⁉　もしかしてマリめろ、好きな人いるの⁉　どこの誰⁉　教えてよー！」

「知りたーい！」

「禁断の恋なの⁉」

「イケメン⁉」

「マリめろが惚《ほ》れるんだから、国宝級イケメンに決まってるじゃん！」

「わー見たい！　写真ないの⁉」

日常に男っけがないので、友人の浮いた話に異常に興奮してしまうのも女子校あるあるだ。

一斉にうるさくなった教室内で、俺はというと。

——これで最後だから……。

満員電車の中で、俺に抱きついて離れなかった黒瀬さんの感触と。

――ありがとうございました。

恥ずかしそうに頬を染めてそう言った彼女の顔を思い出して、心臓をドキドキさせていた。

そんな、まさか……。

確かに、俺は教師で、黒瀬さんは生徒で……彼女にとって俺は、好きになってはいけない相手ではあるけれども。

「………………」

黒瀬さんは、級友たちからの質問攻めに対して、困ったように身を縮めて沈黙していた。

そのとき、ふと視線を感じて見ると、白河さんと目が合った。

白河さんは黒瀬さんではなく俺を見ていて、そのまなざしには言いしれぬ不安が漂っているように見えた。

そこで、俺はハッとした。

「ほら、授業中だから！　みんな静かにして！」

自分が威厳に欠ける教師であることは自覚しているけれども、生徒たちは基本的にいい子なので、俺の発言で黒瀬さんへの質問は一旦止まった。

「……はい。それで、黒瀬さんの質問ですね。これは『K』のことについてだよね？」

内心ドキドキしながら訊くと、黒瀬さんは赤い顔をしながら小さく頷《うなず》いた。

そんな彼女のことを極力考えないようにして、俺は教卓の上の教科書に視線を落とした。

「いけないとわかっていても恋をしてしまった『K』は、どうすればよかったのか……そうですね」

現実の恋愛経験はお粗末でも、あくまでも国語教師として、教材の内容について考える。

「『K』に限らず、人って、若い頃は誰でも理想を追い求めがちなものですよね。ほら、小さい頃に『アイドルになりたい』とか『人気YouTuberになりたい』とか夢を見ても、ほとんどの人は大人になって現実を見て、もっと叶《かな》えられそうな道を志すよね？」

心当たりがあるのか、十代に媚《こ》びた例がイタいと思われたのか、生徒たちの顔に苦笑が浮かんだ。女子校に来て二年以上経《た》つので、もうそれくらいで心は折れない。俺は続けた。

「『K』は高潔に生きる理想を掲げていたものの、それはある意味で子どもっぽい、浮世離れした道です。ですが、このとき生まれて初めて身近な女性に真剣に恋をした彼には、大人になる……つまり、その恋を叶えて、家庭を持つという、平凡な人生……言い換えれば現実的な道が、選択肢として生まれてきました。『先生』は、その選択肢を『K』から奪うために、先ほどのセリフを投げかけたのです」

雑談めいた流れだからか、生徒は比較的熱心に聞いてくれていた。

「そうして恋の道を断たれた『K』ですが、そんなにすぐに諦められるものではありません。そして、この先の展開……もう最初に全体を読んでいるから知っていますよね。『K』は『先生』と『お嬢さん』の結婚が決まった報告を聞きます。そして自決します。恋を知った『K』は、今までのように無心で精進することも、恋を叶えて現実的に生きることも、できなかったのです。このことは、彼に自決を決意させた一因であるように思います」

個人的な見解も含めて、俺は語り続ける。

「『K』が生きるためには、もっと柔軟な考え方を持つしかなかったと思いますが、それができないのが彼でもありました。だから、敢《あ》えて黒瀬さんの質問に答えるとしたら、そもそも『恋してはいけないと思わないこと』でしょうね」

黒瀬さんは、こちらへ控えめな視線を投げかけながら俺の話を聞いていた。

「幸い、今は『K』のような考えで恋愛を避ける人は少ないと思いますし。あとは、社会的なルールや道徳上の問題で『付き合ってはいけない相手』というのは確かに存在しますが、それだって恋するだけなら自由ですよね。叶えようと思うから、現実のルールと干渉して辛《つら》くなるのであって」

積極的に叶えようと思ったことのない俺は、その点に関しては自信を持って言える。

白河さんや黒瀬さんに対して抱いてしまっている多少の感情だって、俺がいつものように何もしなければ、何事もなく終わるだろう。

「でもさ、せんせー」

そこで、山名さんが発言した。

これは白河さんより珍しい。

授業中だからか、一応俺を「先生」呼びしてくれるのか。

「本気で恋したら、叶えたくなっちゃいません？」

山名さんはいつもと同じように気だるげなポーズを取っているが、その姿勢は前のめりだ。

すると、近くの席に座っている谷北さんが、からかうように山名さんを見た。

「あー、ニコるん、関家《せきや》先生のことでしょ？」

「は⁉　カシマの前で言うなって！　ふざけんなよアカリ！」

真っ赤になった山名さんが、血相を変えて谷北さんに言い返した。

……いや、谷北さんが言わなくても気づいてましたよ？

俺は心でツッコんだ。

「……そうですよね」

そして、うるさくなりそうな教室を牽制《けんせい》するように口を開いた。

「それが難しいところですよね」

すべてを誤魔化す苦笑いを浮かべて言いながら、俺は「あっ、そうか」と気づいた。

そして、いつか見た白河《しらかわ》さんの横顔を思い出した。

——あたしね、恋がわからないんだぁ……。


俺だって、白河さんと一緒だった。

いつも可愛《かわい》い女の子を見ているだけで、自分から何もしたことがなかった俺は。

何かせずにはいられなくなって、本能に衝《つ》き動《うご》かされるまま動きたい衝動すら感じたことのなかった俺は……。

本当の恋なんて、一度もしたことがなかったのかもしれない。

白河さんの方を見た。

白河さんは、依然として不安げな面持ちをしていた。

黒瀬さんは、何か考え込むように机の一点をじっと見つめていた。

♧

昼休み、昼食も終わって職員室で自分の椅子に座って作業していたら、聞き覚えのある声に呼ばれた。

「加島《かしま》センセー！」

職員室は、出入り口の近くにカウンターのような感じで配置されているキャビネットの場所までは、生徒が自由に入室することができる。

振り返ると、白河さんがそのカウンターの前に立っていた。

「……どうしたんですか？」

俺は自席を立って、そちらへ向かう。

ドキッとしてしまった内心を隠すかのように、ことさらに無表情で冷たく応じてしまった。

「センセー、質問してもいいですか？」

美少女からカウンター越しに上目遣いで見つめられて、俺の顔はますます強張《こわば》る。

「……なんの質問？」

「こくごー！　授業でわかんなかったところ」

確かに、白河さんは現国の教科書を持っていた。

「……どうしたの？　勉強熱心だね」

思わずツッコんでしまった。次のテストは来月の期末試験で約一ヶ月あるので、生徒たちの多くがまだ気を抜いている時期なのに。しかも、普段から真面目に授業を聞いている生徒でなく、白河さんが質問しに来たのが意外だった。

もしかして、俺と話す口実を作るため……？　なんて考えそうになって、慌てて打ち消す。

「えっ、そ、そーかな？　でっ、でも、ほら！　わかんないとこはすぐ訊《き》かないと、どこがわかんなかったかも忘れちゃうじゃん⁉」

白河さんは目に見えてうろたえて、教科書で半分隠した顔を赤くしている。

「……まあ、それも一理あるね。で、どこ？」

俺はドキドキしながら、顔だけは無表情に保って尋ねた。

「う、うん……」

白河さんは開いた教科書を胸の前でめくった。

胸の……二つボタンが開いた制服のブラウスからのぞく谷間が目に入って、慌てて目を逸らした。

「『K』はさー、自殺しちゃったじゃん？　『K』を死なせないために『先生』はどーしたらよかったのかな？」

　俺は「おや？」と思った。

　白河さんの顔には、ただ教材として読んだ小説に対する感情移入とは思えないくらい、切実な表情が浮かんでいた。

「なるほど……」

　担当教師として、生徒がそういう視点で興味を持ってくれるのは嬉《うれ》しい。

「白河さんは、どうすればよかったと思う？」

　俺の問いかけに、彼女は困った顔をする。

「わからないから、センセーに訊きに来たんじゃん」

「それはそうだろうけど」

「だってさ、先に好きになったのは『先生』の方じゃん？『先生』がぐずぐずせずに告ってれば、『K』が来る前にハッピーエンドだったわけでしょ？でも、そんなこと言ったって、現実にはぐずぐずしちゃったんだからしょーがないし、あ、小説だから現実じゃないけど」

慣れない教師への質問に、白河さんはおたおたしている。

「でも『先生』は『お嬢さん』に恋してたけど、『K』のことだって親友だから大事に思ってて、死んでほしくなかったと思うし、だから『K』が死んで病んじゃったんだと思うし……」

そう語る白河さんは、本気で「先生」と「K」を救済する道を見出《みいだ》したいと思っているみたいだった。

だから、俺も真剣に考えた。

「……そうだね。でも、『先生』の性格を考えたら、さっさと告白するのは難しかったと思うし……やっぱり『K』を出し抜こうと結婚を焦《あせ》りすぎたのがいけないんだろうね」

「えっ、じゃあ『K』も『お嬢さん』のことが好きだってわかっても、何もせずにいればよかったの？ そのうち『K』が『お嬢さん』と両想《おも》いになっちゃっても？」

「結果論だけど、実際『お嬢さん』は『K』じゃなくて『先生』のことが好きだったみたいだし、ぐずぐずしている間に彼女が『K』に心変わりする程度の女性だったら、そのときは『先生』は次の恋を探せばよかったんじゃないかな。世の中の女性は『お嬢さん』だけじゃないんだから」

「えー！」

そこで、白河さんが大きな不満の声を上げた。近くの席の先生が、こちらを振り返るくらいの。

「そんなふうに思えないよ。思えたら、それは本気の恋じゃないって。今日ニコルも言ってたじゃん。生まれて初めて本気で恋した人を、自分の親友も好きになっちゃったんだよ？　そんなの、どーしていーかわかんなくなるよ……」

白河さんの声はだんだん小さくなって、最後には途方に暮れたような顔で黙り込んだ。

それを見て、俺は思わず圧倒されてしまう。

「……まるで、君が『先生』本人みたいだね、白河さん」

正直に思ったことを言ったら、白河さんが「えっ」と俺を見て、爆発したように顔を赤くした。

そして、それを誤魔化すかのように怒った顔つきになる。

「もーいーですっ！　センセーは、恋のことなんて、なんにもわかってないし！」

俺からぷいっと背けた整った横顔を見て、俺はまたしても彼女の以前の発言を思い出す。

「……君も、わからないんじゃなかったの？」

すると、白河さんはハッとしたような顔をしてから、気まずげに俺をチラ見して、また横顔を見せる。

「……そーだけど」

拗《す》ねたように、彼女は言った。

「最近、ちょっとだけ、わかってきたかもって……思ったり……思わなかったりするんだあ……」

どっちだ、と心の中でツッコむ俺を、白河さんはふと上目遣いに見上げる。

「……ねぇ、センセー？」

「ん？」

ドキッとしてしまうのは男のサガだから仕方ないとして、俺はポーカーフェイスを守り続ける。

「海愛《まりあ》のこと、痴漢から守ってあげてたんだって？」

「えっ？　ああ……本人から聞いたの？」

俺の問いに、白河さんは複雑そうに頷《うなず》く。

「……そう。海愛、加島センセーにすごく感謝してた」

「そうか。あれからは痴漢に遭ってないんだね？」

「うん」

「それはよかった」

黒瀬《くろせ》さんのことだから、もしかしたらあの痴漢が蘇《よみがえ》ってきても、俺に遠慮して自分からボディガードの再開を願い出ることはできないかもしれないと思っていたので、被害がないのは何よりだ。

「……センセー？」

ふと、白河さんが不安げな表情で俺を見る。

「うん？」

なんだろう、と俺は彼女を見つめ返し、その美少女すぎる顔立ちに耐えられず、一瞬で逸らしそうになる。

が、先に視線を外したのは彼女の方だった。

陰のある面持ちで、白河さんは言った。

「もし痴漢に遭ってたのがあたしでも、海愛にしてくれたみたいに助けてくれた？」

「そうだね……白河さんの最寄りは何駅？」

「え？　A駅です」

「それなら途中駅だから、できたと思うよ」

俺の答えに、白河さんは意外そうに顔を上げる。

「え、それだけなの？」

「え？　うん……」

「じゃあ、ニコルでも？」

「沿線の駅なら」

もっとも、彼女は関家《せきや》先生にボディガードしてもらった方が嬉しいだろうと思うけど。

「アカリでも？」

白河さんはしつこかった。

「うん……でも、彼女には必要なさそうだけどね」

「確かにー」

俺の言葉で、白河さんの顔にようやく笑みが浮かぶ。

「……そっか」

俯《うつむ》いて微笑を浮かべた白河さんは、噛《か》み締《し》めるようにつぶやいた。

そのとき、予鈴がなった。昼休み終了五分前を告げるチャイムだ。

「あっ、昼休み終わっちゃった」

「質問は、さっきのとこだけ？」

「うん、ありがと、センセー！」

結局、彼女が納得する回答を俺は与えられなかったと思うけれども、白河さんはなぜかスッキリした顔をしていた。

俺に手を振ってにこやかに職員室を出ていく彼女の後ろ姿を見送ってから、彼女が質問したかったのは、本当に『こころ』の話だったのだろうかと疑問に思った。

――ねぇ、センセー？　海愛のこと、痴漢から守ってあげてたんだって？

その澄んだ大きな瞳に浮かんでいたのは、不安の色のように感じた。

彼女は何に不安を感じていた？

――もし痴漢に遭ってたのがあたしでも、海愛にしてくれたみたいに助けてくれた？

――ニコルでも？

――アカリでも？

俺から答えを聞くたびに、彼女の表情は明るくなっていった気がした。

まるで、俺にとって黒瀬さんが特別な存在ではないことを知りたがっていたかのように。

一体なぜ？

――生まれて初めて本気で恋した人を、自分の親友も好きになっちゃったんだよ？　そんなの、どーしていーかわかんなくなるよ……。

白河《しらかわ》さんの困り果てたような顔を思い出して、ハッとした。

「……おい、ヤマダ？　何ボーッとしてんだ、授業始まるぞ」

関家先生の声で、俺は我に返った。

「あっ、はい」

慌てて次の授業の準備をして、席を立つ。

そして、こんな白昼堂々、誇大妄想に耽《ふけ》ってしまった自分を叱咤《しった》した。

そんなわけないだろう。

あんな美少女姉妹が、二人して俺に恋しているなんて。

妄想にしたって、図々《ずうずう》しいにもほどがある。

♧

俺の休日は、基本的に虚無だ。

仲のいい友人たちとBBQや飲み会なんてリア充的な予定がないのはもちろん、そもそも人と会う予定すら滅多に入らない。

いつもより遅く起きて、溜《た》まった洗濯物を片づけて、食料を手に入れるための買い物に行ったら、あとは寝るまでゲームをする。それを二セットやったらもう月曜日だ。

けれども、なんとも珍しいことに。

日曜日の今日、俺は昼間から都内へ外出していた。

もちろん一人なのだけれども。

――カッシー、よかったら美術館のチケットもらってくんね？

――美術館？

――うん、上野の。ほら俺、中学んとき美術部だったじゃん？　そのときよくデッサンしてた「ディオニュソスの頭部」が初来日するから「一回は行くだろ」と思って前売りチケット買ったんだけど、仕事忙しくて一回しか行けなかったからさ。

高校のときの友達のニッシーにそんなことを言われてチケットを譲り受け、開催期限も目前に迫っていたし、慣れない休日の外出を試みた。

美術館は混んでいて、特に目玉となっているらしいヴィーナス像は人々の頭越しにしか眺めることができなかったけど、なんとか順路通り最後まで巡って、ニッシーが言っていたディオニュソスのなんとかもガラス越しに拝むことができた。

会場を出ると、もう十二時過ぎだった。最終日だから混まないうちにと午前中に来たのだけれども、館内の混雑ぶりを振り返ると、あまり意味がなかったなと思う。

ともかく、お昼の時間だ。お腹《なか》も空《す》いている。この人出では、駅に近い店は軒並み混んでいると思うので、一人で並んでも気まずくないラーメン屋でも探すか……とスマホを取り出したときだった。

俺は上野恩賜《おんし》公園の敷地《しきち》を歩いていた。大勢の人が行き交ってもゆとりがある広い道は、両側に立派な木々が青々と手を広げる並木道になっている。木々の足元には等間隔にベンチが置いてあって、いわゆる歩きスマホをしていた俺は、スマホ越しに通り過ぎる背後の光景に、ふと違和感を覚えた。

何か見覚えがあるものが目に入ったような気がして立ち止まる。

スマホから顔を上げて、そちらを見て、思わずスマホを取り落としそうになった。

ベンチに、白河さんが座っていた。

白河さんは、俺が気づく前から俺に気づいていたようだった。

彼女は、大きな目をさらに大きく見開き、驚きに瞳を震わせて俺を見ていた。

「ウソ……」

白河さんは一人でベンチに座っていた。いかにもギャルらしい肩の開いたトップスと、引きちぎられたかのようなデニムのショートパンツに身を包んでいる。

その膝には、ナプキンに包まれたお弁当箱のようなものが載っていた。

「加島《かしま》センセー……？」

夢の中にいるかのような声で、白河さんはつぶやいた。

「白河さん……」

偶然の出会いに俺も面食らったが、白河さんの驚きようがすごいので、多少冷静になって、そちらへ近づいた。

「センセー……なんで……？」

白河さんは目の前に立った俺を見上げて、夢見るように瞳を揺らめかせていた。

「『なんで……？』いや、友達から美術館のチケットもらって……」

俺の言葉に、白河さんの表情が曇る。

「友達って、女の人？」

「いや、男」

「……どこにいるの？」

辺りをキョロキョロしながら白河さんが言って、俺はようやく質問の意図を理解した。

「チケットもらっただけだから。一人で見てきたんだよ」

それを聞いて、白河さんは「あ、そゆこと」と納得した。

「……白河さんは？」

尋ね返すと、白河さんはなぜかうろたえた。

「えっ？　えー、えっと……」

言《い》い淀《よど》んだ末、俺を上目遣いに見上げる。

「……引かないでくれる？」

「……それは、内容を聞いてみないと、なんとも言えない」

俺の誠意ある回答に、白河さんは唇を尖《とが》らせた。

「もぉー。加島センセーって真面目だなぁ」

そう言って、彼女はちょっと笑った。そして、その微笑《ほほえ》みを湛《たた》えたまま、そっと俯く。

「……ここに来たら、センセーに会えるかもって思ったんだ」

「えっ⁉」

ドキッとして、思わず一歩後ずさる。

白河さんは、それを見咎《みとが》めて俺を見上げた。

「あっ、引いた！　ひどい！」

「いや、だって……冗談だよね？」

「ほんと！　でも言っとくけど、ストーカーとかじゃないからね!?　あたし、センセーの家も、センセーの予定も、なんにも知らないし」

「……じゃあ、なんで……？」

「……よくわかんないけど、ほんとに『そんな気がした』だけなの」

「…………」

「……今日、朝起きて……あー今日も休みだからセンセーに会えないなって思って……。そう思ったとき……なんでかわかんないけど、この道を先生と二人で歩いてるイメージが頭に浮かんできて……」

そこで白河さんは言葉を止め、上目遣いに俺を見た。

「……あたしのこと、ヤバいやつだと思ってる？」

「……多少」

でも、もっとヤバいやつだと思っているのは、白河さんからそんなことを聞いて、胸をドキドキさせている俺自身のことだ。

「……でね。もっとヤバいこと言っていい？」

「……どうぞ」

「……ここに、お弁当があります。……センセーに食べてもらえたらなって思って作ったお弁当が……」

「えっ⁉」

俺は白河《しらかわ》さんの膝の上にある包みを見た。遠目からもお弁当っぽいなと思っていたシルエットのそれは、やはりお弁当だったのか。

しかも、俺と食べたいって⁉

「……そ、それも、まさか、俺が食べてるイメージが、思い浮かんだりして……？」

俺の問いかけに、白河さんは赤い顔をして固唾を呑《の》んだ表情で頷《うなず》いた。

「そうです……」

「……マジか……」

白河さんが言ってることが本当だったら、走って逃げた方がいいくらいヤバい。

でも。

目の前で頬を赤らめて、恥ずかしそうに目を伏せている彼女を見たら、とてもそんな気にはなれなかった。

そして、俺の心の中の、教師ではない男の部分が、彼女のことをどうしようもなく可愛《かわい》いと思っていた。

「……ごめんね、キモいよね。いいよ、これは持って帰って自分で食べるから……」

そう言って、白河さんが膝の上のお弁当を、脇に置いてあったリュックの中にしまおうとしたとき。

「いや」

思わず、俺は言ってしまった。

「食べるよ。ちょうどお腹空いてたんだ」

「えっ⁉」

白河さんは驚いたように顎を跳ね上げた。

「……だって、そのために作ったんだろ？」

「食べて……くれるの……？」

「そうだけど、怖くない……？　ヤバいなって自分でも思うもん」

食べてほしいのかほしくないのかわからなくて若干イラッとしていると、白河さんは目の前に立つ俺に向けて捧《ささ》げるように、弁当箱を両手で恭《うやうや》しく差し出した。

「お弁当なんて初めて作ったから、あんまり美味《おい》しくないかもしれないけど……よかったら、食べてください……」

頬を紅潮させた白河さんは、そう言って上目遣いに俺を見つめた。

「……ありがとう」

ドキドキして声が上擦りそうになりながら、俺はそれを両手で受け取った。

ベンチに白河さんと並んで座った俺は、自分の膝の上で弁当箱の蓋を開けた。

「わーヤバい！　めっちゃ偏ってる！」

俺より先に中を見て、白河さんが声を上げた。

弁当の中身はオムライスだった。元は綺麗《きれい》に卵に包まれていたのだろうけど、持ち運ぶ間に傾いたのか、つけ合わせのブロッコリーやミニトマトを押し潰すように片側に寄って、しかもところどころ破れてチキンライスの赤色がのぞいている。

オムライスの上にはケチャップがかかっていた。何かの形や文字ではなく、一筆書きで波線を書いたような、無難な感じのデザインだ。

「付き合ったら、ここハートにしたげるね♡」

ケチャップを指差し、白河さんが俺の顔をのぞき込んで微笑んだ。

「えっ⁉　な、何言ってんだよ」

生徒とは付き合えない。

それは大前提であって、社会的にも、俺の中でも、絶対のルールだ。

それなのに、こんな人通りの多い道端で生徒の手作り弁当を食べようとしているお前は

なんなのだと、自分の内なる声がツッコむけど。

白河さんといると、俺は自分がよくわからなくなる。ペースをめちゃくちゃに乱されてしまう。何もしてないのに関係が深まって、気がついたらドツボに嵌《は》まってしまいそうで怖くなる。

こんな感覚、生まれて初めてだ。

「ちぇー」

白河さんは前を向いて、拗《す》ねたように唇を尖らせた。

「…………」

そもそも、白河さんの気持ちがわからない。

何を考えてこんなことをしているのか。さっき話したことは、本当に真実なのか……。

貴重な休日の昼間に、ただ俺に会えそうな気がしたからって、決して近所でもない上野に、わざわざ手作り弁当を持って電車に乗って一人でやってきたって？

それが本当なのだとしたら……もしかしてだけど、彼女は俺のことが……？

そうとしか考えられないけど、なんだか信じられない。

なんで俺？

元カレみたいな陽キャイケメンでもない、冴《さ》えない童貞教師の俺なんかを相手にしなくても、白河さんならどんなハイスペ男だって彼氏にできそうなのに。

「…………」

そうだ。俺は白河さんに全然ふさわしくない。ルックスも地味だし、オシャレでもないし、白河さんより八つも歳上《としうえ》のおじさんだし……。

目の前を通り過ぎる人たちだって、たぶんこういうタイプのパパ活だと思って俺たちを見ていることだろう。

そうだ。

白河さんにとって、担任教師を懐柔することに何かしらのメリットがあるのでは？　その目的のために、俺を利用しようとしているのでは？

たとえば、遅刻を見逃してもらえたり、成績をオマケしてもらえたり、そんなことを期待してたりして……。

あるいは、もっと恐ろしい美人局《つつもたせ》的な行為を計画して……俺が彼女になびいた瞬間に、証拠の動画や音声を突きつけて俺を強請《ゆす》ったり、校長にバラすぞと脅して言うことを聞かせようとしたりしているのでは……？

「どしたの？　食べないの？」

そのとき、白河さんに声をかけられてハッとした。

「いや、食べるよ。……いただきます」

俺は渡されたスプーンで、オムライスを一口食べた。

「……ど？　美味《おい》し？」

心配そうに眉根を寄せた顔で訊《き》かれたので、俺は速やかに頷いた。

「うん。美味しいよ」

すると、白河さんは向日葵《ひまわり》のような特大のスマイルを浮かべる。

「マジ⁉　やったぁー！」

その屈託のない笑顔を見たら、さっき考えたような悪巧みを彼女がしているようには、どうしても思えなくなってしまう。

白河さんの手作りオムライスは、家庭料理としてごくごく普通の美味しさだった。特に箸が止まるような要素もなく、俺は弁当を完食した。

「ご馳走様《ちそうさま》」

弁当の蓋を閉めて返すと、白河さんは俺を見つめてニコッと笑った。

その瞳に、純粋な親しみ以上の感情を読み取りそうになって、ドキッとして目を逸《そ》らした。

「ねぇーセンセー？」

弁当箱を鞄《かばん》にしまって、白河さんは嬉《うれ》しそうに話しかけてきた。

「名前で呼んでもい？」

「……君は生徒だから、なるべく『先生』をつけてほしいんだけど」

苦虫を噛《か》み潰したような顔で答える俺を見て、白河さんは笑った。

「もちろんだよぉー」

そして、少し考え込むように宙をにらむ。

梅雨時なのに、今日はよく晴れていた。気温も半袖でいいくらいだし、この人出の多さにも納得する。

「龍斗《りゅうと》センセー？　……ちょっと長いなぁ。龍センセー、でいーかな？」

「……初めて呼ばれたよ」

「ほんと？　やった！」

事実を言っただけなのに、白河さんはなぜか喜んだ。

そして、上気した頰で俺を見つめて。

「龍センセーの『初めて』、いっぱい欲しいなぁ♡」

甘えるような声で言われて、胸と股間がキュンとしてしまったのは、墓場まで持っていかなくてはならない俺の秘密だ。

とりあえず今夜は、最近コツコツ集めていたパソコンの「白ギャル」フォルダの中身が火を吹くなと思った。

♧

「ねぇねぇ、ボート乗ろーよ！」

そうしてベンチから立って、駅へ向かって歩こうとしていたとき、白河さんにそんなことを言われた。

「ボート？」

「ここ来るのめっちゃ久しぶりだから、さっき一人で散歩してたんだけど、向こうの池にボート乗り場あったんだぁ」

そういえば、不忍池《しのばずのいけ》にはそんなものがあったかもしれないと、俺も十代の頃の記憶を辿《たど》って思い出した。

「……いや、俺は帰るよ」

生徒とそんなデートみたいなことをしてしまって、誰かに見られたら困る。

「え〜〜」

白河《しらかわ》さんは、盛大に不満の声を上げて。

「……お弁当食べたくせに」

ボソッと、そうつぶやいた。それだけでは足りない様子で、じとっとした目で俺を見る。

「お弁当のお礼に、ボート付き合ってよ」

「なっ……！」

ここでそんなことを言うか？　確かにお弁当は食べたし、少なくとも数百円分の食材費と、白河さんの労働力はいただいてしまったことになるけど。

俺は白河さんが勧めてくれたものを食べただけだし、彼女も本気で言っているわけでないのはわかっていたが、そんなことを言われたら断って帰るのも気が引ける。

「……わかったよ。一回だけね」

そうして、俺は白河さんとボートに乗ることになった。

お弁当のお礼だから、料金は俺持ちだ。ラーメン代を充《あ》てたと思えばトントンだし、見方によっては、美少女ギャルの手作り弁当にはラーメン以上の値打ちがあるとも考えられる。

ボートは、足漕《こ》ぎのスワンボートを選んだ。天井や柱がついているので、遠くから顔を見られづらいのではないかと思ったからだ。

足漕ぎなのでサクサク進み、ハンドルで方向も操作できるので、インドアな俺でもたちまち湖の中央方面まで漕ぎ出すことができた。

対岸に立ち並ぶ高層ビル群は都内でよく見る光景だけど、公園の自然の中で見ると、なんだか妙に違和感があった。

今の俺と白河さんみたいだな、と思った。

「ねぇねぇ、龍センセー？」

そんなことをぼうっと考えていたら、白河さんに話しかけられた。

「うん？」

隣を振り返った俺に、白河さんはワクワクした瞳で言った。

「キスしていい？」

一瞬、何を言われたかわからなかった。

「はぁっ⁉」

一拍おいて奇声を上げたが、この反応が正解かもわからない。

「だ、駄目だよ。決まってるだろ」

「なんで？」

「教師と生徒なんだから」

「ふーん？」

俺の当然の回答を聞いても、白河さんは不満げだ。

尖《とが》らせたその唇は、何らかの化粧品で血色よく彩《いろど》られ、艶やかでプルプルに潤っている。

白河さんが変なことを言うから、ついそのパーツに視線を吸い寄せられてしまって、慌てて逸らした。

「……じゃあさ、あたしが卒業したら結婚しよーよ？」

「はぁ!?」

諦めない白河さんは、俺に向かって唇を丸く突き出して目を瞑《つぶ》る。

「『卒業したら結婚することを前提にしたチュー』……」

「駄目です」

他人からはしかめっ面《つら》でにべもなく断っているように見えるだろうが、心臓はみっともなくバクバクしている。

「どっちがダメ？　結婚？　チュー？」

「…………」

すぐに「どっちもだよ」と言えなかったのは、結婚については少しだけ心が動いてしまったからだ。

そんな俺の胸の内を見透かしたかのように、白河さんは俺をのぞきこむように見つめる。

「チューはともかく、結婚は問題ないでしょ？　卒業したら、もう生徒じゃないんだし」

「……な、なんでいきなり結婚？」

「そのほーが、センセーが安心するんじゃないかと思って。センセー真面目だから」

白河さんは淡々と答えた。

「世の中ヘンだよね。熱愛報道は『スキャンダル』なのに、結婚発表は『おめでたい』って、なんなんだろーって、いつも思うんだけど。付き合わないと結婚できないのに、付き合ってる間はバレるなよってこと？　むずくない？」

「……でも、世の中ってそういうものだからね」

思えば、俺が恋愛を苦手としてきたのも、そういうスキャンダルと紙一重な「付き合う」とか「恋人」とかいう、口先の約束一つで成り立つふわふわした関係のことが、なんだかよくわからなかったのもある。「結婚」だったら、法的に保証された関係でわかりやすいし、たぶん俺がもしこの先女性と付き合う機会があるとしたら、その交際は初めから結婚を意識したものになると思う。

「ふーん。……まぁ、世の中はともかく、あたしも早く結婚はしたいし」

「なんで？」

不思議に思って尋ねると、白河さんは俺を見て首をひねった。

「うーん、なんだろ。やっぱり『確かなもの』が欲しーのかなぁ……。あたしはそれを失っちゃったから」

そう言う横顔を見て、俺はまたしても白河さんの言葉を思い出した。

――センセーみたいな男の人がお父さんだったら、あたし、きっと……今でもずっと幸せだったんだろうなぁ……。

やはり、彼女の謎めいた恋愛観には、家庭環境が大きく影響しているようだ。

そんなことを考えていたら、白河さんにじっと見つめられていた。

「……センセー、あたしのこと嫌い？」

少し眉根を寄せた切実な表情がいじらしい。可愛《かわい》いと思う。心から。

俺が彼女と同じ高校生だったら、この華奢《きゃしゃ》な肩を今すぐ抱きしめたいと思っただろうに。

「……答えられないよ。生徒のことは、そういう目で見てないから」

俺の取りつく島もない返答に「えー」と不満の声を漏らす白河さんを、俺は半ば恨めしい気持ちで見つめる。

君こそ、俺のことどう思ってるんだよ？

俺は女性との交際経験ゼロだし、気の利《き》いたデートプランを立てることもできないし、エスコート的なあれこれも、夜の営みの類のテクニックも……あらゆる点において、白河さんを喜ばせるような能力を持っていない。

そもそも、白河さんのような女性に男として好きになってもらえるような何かを、今の俺が持っているとは思えない。

だから、疑ってしまう。その思わせぶりな言葉も態度も全部、経験豊富な君の気まぐれなんじゃないか？

そもそも、君は本当に俺のことを好きなのか？　異性として？

それすら、はっきり聞かせてくれないくせに。

白河さんの発言のすべてが、俺にとっては軽薄に聞こえる。

俺は君と違って、友達も少なく、日陰の学生時代を送ってきて、それでも勉強だけは頑張って、ようやく社会人としてのキャリアを築き始めたところなんだ。

やっと手に入れたこの職業だけが、今の俺の、男としてのプライドのすべてを支えていると言っても過言ではないのに。それを賭《と》して、君との関係に飛び込めって？

二十四歳童貞教師が生徒に本気で恋して失うもののデカさを、君はわかっているのか？

わかっていたら、そんなふうに振る舞えるわけがない。

君はあまりにも子どもすぎる。

そして、そんな子どもの君にドキドキしている俺は、大人としてどうかしている。

「……センセーって、真面目だね」

俯《うつむ》いて吐き出した白河さんの声からは、さっきまでそれを言ってくれていたときに含まれていたような好ましい響きは、もう感じられなかった。

ボートから降りた俺たちは、池のほとりの道を無言で歩いた。

気まずかった。

今まで、たまたま知り合いの女性と二人で歩くような機会はそれなりにあって、そのたびに浮き足立つような居心地の悪さは感じていたけど、それとはまったく別の気まずさだった。

黙って右隣を歩く白河さんが、何を考えているかわからない。開き直って世間話をしていい空気なのかも……。

だが、そんな俺の逡巡《しゅんじゅん》は、ある一瞬にたちまち吹き飛んだ。

「……!?」

右手に人肌のぬくもりを感じた。

指先にするりと絡《から》みつく、他人の指先の感触。

そのやわらかく吸いつくような肌が、俺の掌《てのひら》に滑り込んできた瞬間。

皮膚から電流が流れたかのような衝撃が脳みそに伝わって……前頭葉が甘く痺《しび》れるような感覚に、理性が機能しなくなってしまった。

そう。

俺は白河さんと手を繋《つな》いで歩いていた。

しかも、親と子が繋ぐような繋ぎ方ではなく……これは俗に言う「恋人繋ぎ」というやつだ。

「……えっ？」

何秒も経《た》ってから、俺は我に返って隣を向いた。

間違いない。俺は今、白河さんと手を繋いで歩いている。

自分の目で、それをしかと確認した。

「えへへー、繋いじゃった」

恥ずかしそうにはにかみながら、いたずらっ子のように目を輝かせる白河《しらかわ》さんの顔が、俺の肩の辺りにあった。フルーティだかフローラルだかな香りが鼻をくすぐる。

俺は焦《あせ》った。

「……はっ、離してくれる？　誰かに見られたらどうするんだよ」

おかしなことを言っているのは自分でもわかる。

俺は大人の男で、白河さんは華奢な少女なのだから、俺が手を振り払えば一瞬で解《ほど》けるのは理解していた。

でも、できなかった。

理性ではなく本能が、彼女の感触をどうしようもなく求めてしまっていた。

そして、それは白河さんに見事に見抜かれていた。

「そんなこと言ってぇ、龍センセー、あたしのこと嫌いじゃないでしょ？」

「……えっ、なんで……」

「ほらぁ、目がハートになってるよっ♡　手すっごく熱いし。身体《からだ》はショージキだね♡」

からかうような顔でウィンクされて、その可愛らしい表情にも目が釘付《くぎづ》けになってしまう。

「…………」

どうしていいかわからなくて、彼女と手を繋いだまま、弱りきって心で泣いた。

いけないことをしているのに、俺は幸せだった。

このままずっと、この手を握って歩きたい。

許されないことだとわかっていても……。

「龍センセー……」

白河さんがこちらに身を寄せて、その顔が肩に触れた。手だけでなく腕も絡み合って、二の腕に彼女の胸の弾力を感じる。

「…………」

──キスしていい？

あのとき、ボートの中で白河さんと唇を重ねられたら、どれだけよかっただろう。

でも、そんなことをしたら、俺はきっと……後戻りできないくらい、彼女のことをめちゃくちゃ好きになってしまう。

それがわかっていたから、どうしても応じるわけにはいかなかった。

それなのに、今、こうして白昼の往来を、彼女と手を繋いで歩いている。

この道が、どこまでも続けばいいのに。

矛盾だらけのめちゃくちゃな頭で、そんなことを思っていた。

俺のそんな願いは、しかし突如、予想もつかない形で打ち砕かれた。

隣を歩く白河さんが、急に立ち止まった。

「……？」

見ると、彼女は正面を見て絶句している。

その視線を辿《たど》るように前を向いて、俺も絶句した。

俺の身体から白河さんの体温が、なめらかなリボンで作った蝶結《ちょうむす》びを解くように、するりと離れた。

「……海愛《まりあ》……」

白河さんが小さくつぶやいた。

そう。

目の前に、黒瀬《くろせ》さんが立っていた。

白河さんと同様、黒瀬さんも息を呑《の》んだような顔でこちらを見ていた。

「……海愛、なんでここに？」

先に問いを投げかけたのは、白河さんだった。

「なんでって……行きたかった美術展が今日までだったから……見に来たの……」

黒瀬さんは茫然《ぼうぜん》としたまま答えた。彼女は私服で、その手には美術館のグッズ売り場で見かけた袋を提げている。

「そっか……」

そう言ったきり、視線をさまよわせている白河さんを見て、今度は黒瀬さんが口を開いた。

「そっちは……？　先生と一緒に、どこか行ったの？」

「いやっ、ついさっき、そこで偶然会って！」

「そうなの！　センセーも美術館行ってたんだって」

誤解されたら困るので口火を切った俺に、白河さんも被《かぶ》せるように説明した。

「……………」

黒瀬さんは、しばらく何も言わずに、その場で俯いていた。

やがて、その足元に、一雫《しずく》の水滴が落ちた。

思わず空を見上げたが、相変わらずの晴天だ。

「……ひどい……」

そうつぶやいて顔を上げた黒瀬さんの瞳には、涙が溢《あふ》れていた。

彼女の視線は、俺ではなく、白河さんに向いていた。

「先生と付き合ってるなら、わたしには教えてくれてもよかったじゃない」

「えっ⁉　いやっ……！」

誤解なので弁解しようと口を開いた俺は、黒瀬さんの次の言葉で、再び言葉を失った。

「わたしも先生のこと好きだって、わたしから聞いて知ってたくせに……！」

「……⁉」

隣を見ると、白河さんは罪悪感に打ちひしがれた顔で、しかしその瞳に一点の決意を宿して、黒瀬さんを見つめ返していた。

ふと目を伏せて、白河さんが口を開いた。

「……ごめん、海愛。あのとき言えなくて。海愛が気持ちを打ち明けてくれたときに
……」

低い声で言って、再び黒瀬さんを見る。

「あたしも好きなんだ、龍センセーのこと……」

そして、赤い目をしてこちらを見つめる黒瀬さんに、苦しそうな面持ちで、そう告げた。

♧

「えええええええええ――――――――っ!?」

喉が張り裂けそうな大声を上げて、俺は上半身を起こした。

「……え？」

ここはどこ？　私は誰？

その答えを、混乱した脳内からゆっくり拾い上げる。

ここは、見慣れた自分の部屋。俺はベッドの上。カーテンの隙間から差し込む光から、もう朝だとわかる。

俺は加島龍斗《かしまりゅうと》、十七歳。ただいま受験勉強真っ最中の、暗黒の高校三年生。創立以来ずっと共学の私立星臨高校に通っており、同じ学校の同級生・白河月愛《るな》さんと二年のときからお付き合いしている。

それらの事実を、頭の中で一つ一つ確認してから。

「なんでこんなリアルな夢見るんだよ〜〜〜〜！　受験ノイローゼか⁉」

盛大な脱力感と共に、どこに向けていいかわからないやるせなさを、天井にぶつけるように叫んだ。

空飛ぶペンギン

KEIKENZUMINAKIMITO
経験済みなキミと、
KEIKENZERONAOREGA
経験ゼロなオレが、
OTSUKIAISURUHANASHI
お付き合いする話。
短編集

青春回想録

ペンギンが、空を飛んでいる。

「すごーい！　気持ちよさそうだね～！」

頭上を見上げて、月愛《るな》が瞳を輝かせる。

池袋のサンシャインにある水族館で、俺は予備校の授業前の時間を月愛と過ごしていた。

五月の大型連休初日の水族館は、家族連れやカップルでにぎわっている。

ここ屋外エリアは、ウッドデッキに植栽が映えるオシャレな造りで、中でも目玉は、半トンネル状に設《しつら》えられた水槽の中を泳ぐペンギンの展示コーナーだ。

池袋の高層ビルが建ち並ぶ街並みを背景に、ペンギンたちが丸みを帯びたボディラインを流線形にして悠々と泳いでいる。

その様子は、まるで空を飛んでいるかのようだ。

「やっぱ、いつ来ても癒《いや》される～！」

月愛が水槽の天井付近にいるペンギンを見上げて、ちょっと目を細める。

つられて上を向くと、五月晴れの晴天から降り注ぐ日差しが、水槽の水に乱反射してプリズムのように煌《きら》めくのがまぶしかった。

三年生になって、俺の予備校通いが本格化してから、月愛は俺に合わせてよく池袋に来てくれるようになった。この水族館はデート場所にはうってつけなので、二人で年間パスポートを買って（意外と安い）、食事以外にちょっとした時間があるときに訪れている。

このペンギンの水槽を見るのももう何度目かわからないのに、月愛は毎回楽しそうに空飛ぶペンギンたちを見つめている。

「……ペンギンってさ、鳥なんだよね？」

ふと、月愛が何かに気づいたかのように真顔になって俺を見る。

「うん、そうだよね」

「なんで？」

「えっ？」

「なんで鳥なのに、空を飛ばないの？」

「えー？　えーっと……」

考えてみたけれども、俺の中にペンギンに関する知識はそれほどない。

「昔は、他の鳥みたいに飛べたのかも？　エサが水中オンリーだったから、少しずつ羽が退化していったとか……」

知らんけど……。

そんな俺の適当な説明に、月愛は少し不服を残した顔で「ふうん」とつぶやく。

「そっかぁ。昔は飛べたのかぁ」

ちょっと俯《うつむ》いてつぶやいてから、再びペンギンの水槽を見上げる。

「じゃあ、また空を飛んでみたいって、夢見たりしてるのかなぁ……」

水槽のペンギンたちは、青空を縦横無尽に行き交い、まるで飛んでいるかのように見える。でも、そのお腹《なか》は丸っこく重量感のあるフォルムで、本物の大空には飛び立てそうにない。

そんなペンギンたちを目で追いながら、月愛は小さくつぶやく。

「……小さい頃、なんであんなに空が飛びたかったんだろう。あたしは人間で、空を飛んでた記憶なんて、細胞《サイボー》のどこにも残ってないはずなのに」

初夏の匂いがする日差しの輝きを乗せた、その夢見るような瞳の横顔が綺麗《きれい》で。

俺はしばらく——。

水槽ではなく、彼女から目が離せなかった。

水族館のあと、俺と月愛はサンシャインシティの地下にあるカフェでお茶をした。

店の出入口の外にテーブルが並べられたテラス席に座っていると、目の前にある階段の上から、地上の景色が垣間見《かいまみ》える。

「……今度、福里《ふくさと》さんに会うんだぁ」

アイスカフェラテの氷をストローでカラカラとかき混ぜながら、月愛が言った。

福里さんというのは、月愛のお父さんの再婚相手だ。

去年のクリスマスイブ、月愛が別れた両親を再びくっつけるため「ふたりのロッテ作戦」を決行しようとした際、お父さんと共に現れた女性だ。

「おとーさんが『入籍したし、月愛にも改めて紹介したい』って、ずっと言ってて」

「そっか……」

あのときは月愛の落胆が凄《すさ》まじく、とても彼女の存在を受け入れられなかったと思うが、ようやくそういう心境になれたということか。

「………」

月愛が黙ってしまったので、俺は話題を変えようと考える。

「……あっ、そうだ。今日の夜、何食べる？」

予備校にGWはない。今日もこれから三時間授業が一コマあるが、月愛はその間駅前でショッピングして待っていてくれるというので、一緒に夕飯を食べることになっていた。

「んー？」

月愛は顔を上げる。

混ぜきれなかったカフェラテは、透明なシロップが底に向かって糸を引くように沈んでいく。

さっき水族館で見たクラゲみたいで綺麗だな、と思った。

同じことを月愛も思ったのかはわからないけど、彼女は俺の目を見て笑った。

「水族館、楽しかったね」

返答になっていないので「あれ？」と思っていると、月愛は笑いながら続ける。

「イワシの水槽見てたとき、お魚食べたくなっちゃった」

「ああ、あれ美味《おい》しそうだったよね」

生きている魚を目の前にして言うのは無神経かなと思って、そのときは控えた感想だったけど。

「じゃあ、夕飯は魚食べようか。回転寿司《ずし》とか？」

「あっ、いーね！　あたし今日はいっぱい食べちゃう！　目指せ十皿〜！」

月愛がはしゃいだ声を上げて、ストローを咥《くわ》える。

カフェラテはたちまち一色になって、水位が下がった液体の中で氷がカランと音を立てた。

♧

その夜、池袋にある回転寿司のチェーン店で、俺は月愛と食事した。

「ん〜、ちょーお腹いっぱい！　まんまん満腹寺《まんぷくじ》〜！」

レーン沿いのテーブル席で、向かいに座った月愛が満足げに背もたれへ寄りかかる。

「マ、マンプクジ？　どこにあるの？」

「さぁ？　でも、ありそーじゃない？」

俺に答えた月愛が、テーブルの上の皿に割り箸を揃《そろ》えて置く。

月愛の食べたお寿司《すし》のお皿は七枚。彼女なりに頑張ったみたいだけど、やはり十皿は難しかったようだ。

「やっぱお寿司っておいしーな〜」

そう言って、月愛が周りを見る。

夕飯ピークの時間帯とあって、明るい店内で、テーブル席は見渡す限り満席だ。出入口の方の順番待ちのベンチにも、人が溜《た》まりまくっている。年齢層も、若者から子ども連れ、高齢者とバラエティに富んでいる。

「みんなお魚好きなんだねー」

「まあ、お寿司だからってとこあるよね。骨ないし」

俺の無難な返答に、月愛は「だねー」と言いながら、ちょっと考えるような視線をテーブルに落とす。

「……ね、釣りってキョーミある？」

次に目が合った月愛は、そんなことを言ってきた。

「えっ？　つ、釣り？」

予想外のワードに戸惑っていると、月愛が続けた。

「マオくんがね、釣り好きなの。『新鮮な魚食べられるよ』ってよく誘われるけど、めんどいなーと思って行ってなかったんだ。この連休も行くみたいだけど」

「へぇ……」

月愛の叔父さんの、黒瀬真生《くろせまお》さん。去年の夏休みにお世話になったときの、日焼けした顔が思い浮かんだ。

「やったことないけど、興味はあるかな……。教えてくれる人がいないから、やろうとしたこともなかったけど」

「あたしもそんな感じ。でも、新鮮なお魚はちょっと食べたいかもって今思ってきた」

そう言った月愛が、何か思いついた顔で両手を合わせて。

「ねぇ、みんなも魚好きかな？　よかったらサバゲーメンバー誘って、連休中に釣り行こうよ！」

瞳を輝かせて、そう言った。

♧

どこまでも続く濃紺の海原。

水平線から始まる青空のグラデーション。

大音量のモーター音を聞きながら、俺たちは釣り座に座って全身に波の振動を感じている。

「うげぇぇぇぇ」

「おぇぇぇぇぇ」

イッチーとニッシーが、青ざめた顔で床に転げてのたうち回っている。

完全に船酔いだ。

「吐くときは海にやってな～。魚の撒き餌《まえ》になるし、船は汚れないしwin-winっしょ」

船首の方にいる真生さんは、そんな二人を見て呑気《のんき》に笑っている。

今は岸から釣りスポットへ向けて高速で移動している最中なのだが、二人は早速酔ってしまったようで、慌てて酔い止めを飲んでもこの有様《ありさま》だ。

「リュートはだいじょぶ？」

隣に座る月愛《るな》に訊《き》かれて、俺は頷《うなず》く。

「うん。先に薬飲んどいたから……」

あまり船に乗った経験がないから、自分が酔いやすい体質なのかどうかもわかっていないので念のため服用したのだけれども、二人の様子を見ているとそれでよかったと思う。

「あっ見て、ニコるん！　カモメ！」

「いい波乗ってんね～」

「や、泳いでないから」

「マジかぁ、草」

「も～、ニコるんってばテキトーすぎ！　うちの話全然聞いてないやんな!?」

「だってあんた、聞いてなくても勝手に話してるじゃん」

谷北《たにきた》さんと山名《やまな》さんは、いつもの調子で元気そうだ。

俺たちは、朝六時に千葉に集合して、真生さんの知り合いの船に乗せてもらい、海釣りに出発した。

「うぼぇええええ」

「おぅうえええ」

相変わらず、床ではイッチー、ニッシーが苦しみ悶《もだ》えている。本当に気分が悪いときは人間もっと静かになると思うので、なんか元気そうだなと思えてきてしまった。

「海愛《まりあ》もだいじょぶ？」

そのとき、月愛が俺と逆側の隣に向けて声をかけた。

——ねぇ、リュート。釣りの話、海愛も誘っていい？

——えっ、う、うん……もちろん。

——わぁい、ありがと！　海愛、最近あんま千葉行ってないはずだから、マオくんも喜ぶと思う～！

そういうわけで、今日の人数はサバゲーメンバー＋黒瀬《くろせ》さんの七人だ。修学旅行メンバー——といってもいい。

「わたしも陸で酔い止め飲んでるから大丈夫……」

「でも、ちょっと顔色悪いよ？」

月愛が言うと、黒瀬さんは月愛の向こう側にいる俺の方を見てから、月愛の耳に口を寄せた。

「……マジ？　だいじょぶ？　トイレ行ってきたら？」

「えっ、あるの？」

黒瀬さんが驚いて月愛を見る。

「あるある、あたしマオくんにめっちゃ訊いたもん。トイレなかったり、汚かったりしたらマジムリリムリざえもんだからって」

すると、黒瀬さんはいそいそと自分の鞄《かばん》からポーチを取り出した。いつか図書館で見た、引き手に月と星、改めヒトデがついている「サニタリーポーチ」だ。

それで、不調そうな黒瀬さんの様子と合わせて、そういうことか……となんとなく理解した。

揺れる船内を足元に気をつけて移動する黒瀬さんを見送って、月愛がつぶやいた。

「よりによって今日かぁ。海愛、けっこー重いらしいんだよね」

「……そ、そうなんだ」

気まずい、と思いながら、無難に相槌《あいづち》を打つしかない。

黒瀬さんはすぐに戻ってきた。

「……ほんと、やんなっちゃう」

元通り月愛の隣に座った彼女は、そう言って空を見上げた。

「わたし、次に生まれ変わるときは、男の子になりたいなぁ……」

目を細めて見つめる先には、水鳥が飛んでいた。

「女の身体《からだ》は重すぎて、空を自由に飛べない気がする」

そうつぶやいた横顔は、水族館でペンギンを見つめていた月愛と似ている気がした。

「………」

何も言えずにいると、月愛が「あっ」と気づいたように俺を見る。

「海愛が遭った痴漢ね、捕まったんだ。防犯カメラに映ってたみたいで、警察が捜してくれたんだって」

「そうなんだ。よかった」

俺が黒瀬さんと友達をやめた直後、黒瀬さんは痴漢被害に遭った。俺が家まで送ってあげてたら、彼女はそんな目に遭わなくて済んだ……そう考えると、責任を感じる面もある。

だからこそ、その知らせを聞いて、少しほっとした。

「海愛、かっこよかったんだよ。警察の人から『ジダンの希望が出てますが、どうしますか？』って言われたとき、『そのままキソしてください』って。犯人、そこそこ偉い人っぽくて、ジダンにしたらけっこーお金もらえそうだったから、おかーさんがちょっと残念そーだった」

月愛の言葉を聞いて、黒瀬さんが俯《うつむ》く。

「……だって、いくらお金をもらったって、被害に遭う前のわたしには戻れないもの」

少し目を上げて、船の外の海に視線を注ぐ。

「わたしの心に一生残る傷をつけたんだから、その罪を、あの男の人生にも傷として刻んで欲しい」

ぞっとするような、凜《りん》とした声で、黒瀬さんは言った。

「………」

黒瀬さんがいつも何を考えていて、どういう女の子なのか、その深部までを俺はよく知らない。

中学の頃は、圧倒的な見た目の可愛《かわい》さと、気を持たせるそぶりに惚《ほ》れていただけだった。

高校で再会してから、文化祭実行委員などで仲良くなりかけたのは一瞬で、俺たちはすぐに友達をやめてしまった。

でも、もしかすると黒瀬さんは、俺が今まで思っていたより、月愛と似ているところがあるのかもしれない。

譲れない部分についての頑固さとか、エゴイズムとか……。

このとき、なんとなくそんなふうに思った。

そんなとき。

「おー、着いた着いた！」

船が停《と》まって、真生さんが声を上げた。

小一時間は走ったから、船はだいぶ沖に出ている。今日は潮の関係で東京湾の方に出たということで、周りを見渡すと三方の遠くに陸地が見えた。

「早速釣り始めっぞ〜！」

そのかけ声で、俺たちは借りてきた各々《おのおの》の釣り竿《つざお》を手に取る。

「おーっ！」

月愛が元気よく声を上げた。


その数分後。

「ぎゃあああああっ！」

山名さんの声が、遮るものの何もない海上に響き渡った。

「ちょっ、何コレ⁉　虫⁉　ムカデ⁉」

真生さんが配ったタッパーの中身を見て、山名さんが青ざめている。

「キモッ！　マジムリやめて！」

それを見た谷北さんが、面白がってタッパーを山名さんに向ける。

「ウリウリ～」

「うわ、こっち見せんなって！　ブッ殺すぞテメェ！」

「あー、ニコルちゃん、こういうの苦手系？」

真生さんが苦笑する。

「なら擬似餌にする？　でも活《い》き餌のが食いつきいいんだよね～。初心者には断然オススメなんだけど」

「イソメだっけ？　確かにキモいよね～。あたしも苦手」

タッパーの中には、ムカデのような数センチ大の虫が無数に詰まっている。うねうね動いているものもいるから、どうやら生きているようだ。

カブトムシくらいなら普通に触れる俺でも、確かにこれはちょっとキモい。

「ほら、こうやってさ」

真生さんはイソメを一匹取って、もう片方の手に持っていた自分の釣り針に近づける。

「口から内臓まで通すように刺して……」

「ギャ――――ッ！」

「ちょっと長くて余るから、ハサミで胴体をちょん切る……」

「ウソウソヤメテ――――ッ！」

「これで完成！」

「ムリムリマジムリ！」

「残りの半分は、次に使えるよ」

「ギャ――ッ！　もうヤダ帰る――っ！　船長のおじさん！　船出してッッ！」

山名さんの悲鳴で聞き取りづらいが、なんとか餌の付け方はわかった。

「じゃあ、早速……」

俺たちは自分の席に着いて、釣りを開始した。

「うわ、グロ……」

俺が釣り針の準備をしているのをのぞいて、月愛が息を呑《の》む。

「だね……」

俺も微妙な気持ちだったが、初めてにしてはなんとかそれなりに用意できた。

「そーしたら、針を海へ投げる。この辺はもう入れ食いなはずだから、投げ方はそんな気にしなくていいよ。この船長の見立ては間違いないから」

真生さんの指導によって、俺は餌のついた針を海へ沈めた。

船には釣り竿を立てる穴があるので、そこに竿《さお》を立ててしまえば、魚がかかるまで、しばらくやることはない。

「えっ、ムリ、ほんとムリなんだけど！」

向こうの方では、イソメをつける谷北さんを見て、山名さんが相変わらずのテンションで騒いでいた。

「ニコるんも早くやりなよ〜。せっかく早起きして来たのに、一匹も釣らないで帰る気？」

「いや、だってこんなんだと思ってなかったし……正気じゃなくない⁉　こんなキモいのちょんぎって口から針通すとか！　どんな拷問だよ⁉」

うろたえて訴える山名さんの前に、ふと伸びてきた手があった。

「針貸して。俺がやるよ」

ニッシーだった。

いつの間にか、イッチーも復活していて、よろよろと釣り座に腰掛けている。

船が停まったから船酔いがマシになったということか。酔い止めが効いてきたのかもしれない。

「……え……あ、うん」

山名さんは、おずおずと釣り針をニッシーに渡す。

山名さんの隣の釣り座に座ったニッシーは、黙々とイソメを針につけ始めた。

「……幼稚園の頃さー、ミミズ飼ってたんだ」

ふと、ニッシーがそんなことを語り出して、山名さんは目を丸くする。

「えっ、キモ。なんで？」

「わかんねー。自分でも謎。すぐ捕まえられるからじゃね？　アリとかダンゴムシも飼ってたし」

「うわぁ……あたし絶対ムリ」

「だろーね」

笑いながら、ニッシーはイソメ（半身）のついた釣り針を山名さんに渡した。

「はい」

「……ども……」

こわごわ針を受け取って、山名さんは釣り竿をセットする。

その瞬間。

「えっ⁉　もう引いてる……⁉」

すぐにピクピクとしなり出した竿を見て、戸惑いを隠しきれない。

「ニコルちゃん、糸巻いて！　逃《バ》げ《レ》ちゃうから」

「えっ⁉」

真生さんの指示を受け、山名さんは慌てて竿を持ってリールを回す。

引き上げた糸には、小ぶりな魚が引っかかっていた。

「小さいけどアジだね。第一号はニコルちゃんか？」

「ビギナーズラックってやつだな」

隣のニッシーが憎まれ口を利いて笑う。

「うっせーわ」

山名さんは言い返して、魚を手に取る。

「ニコるん、すごーい！」

「ほんとに初心者でも釣れるのね」

みんなの中に、当たりへの期待が膨らんでいく一方。

「……で？」

魚を手にした山名さんは、困惑したように真生さんを見た。

「どーすんの、これ？」

「魚から針取ったら、足元のクーラーボックスに入れな～」

「えっ、針取るって……」

山名さんは針を持って引き抜こうとするが、針は魚の食道の方にあるらしく、ビクともしない。

「あー、けっこう深く飲んじゃってるね。死んでもしょうがないかも」

「えっ、死、って、えっ……!?」

山名さんが針を引き抜こうとすると、痛むらしく魚が暴れる。

「ウソっ、何これ、ヤダー！」

目をつぶり、青ざめて、山名さんは魚と釣り針を持ったまま大パニックだ。

「貸して、やるから」

そこで、ニッシーが再び山名さんに声をかけた。

「こういうのは思いきってやらないと、魚がかわいそうだろ」

かなりの手応えで針を引き抜くと、暴れていたアジはぐったりと大人しくなる。

「あ……」

クーラーボックスに入れられた魚に視線を落とし、山名さんはバツが悪そうな顔をした。

「……ほら。次の餌もつけといたよ」

そんな彼女に、ニッシーはイソメ（半身）のついた釣り針を手渡す。

「笑琉《にこる》がイヤなこと全部やるから、釣れたら俺に言って」

「……あ……」

そんなニッシーを見て、山名さんはほんの少し頬を染める。

「……ありがと……」

そうして、遠慮がちに針を海に投げて、竿を立てた。

すごい。

ニッシー、イケメンだ……。

普段オタク話しかしない友の思わぬ姿に息を呑みながら、俺は自分の釣り竿を見た。まだ魚がかかっている様子はない。

そしてふと、隣の月愛《るな》を見て。

「……月愛？」

月愛は横に置かれたイソメのタッパーを見ながら、薄気味悪そうにしていた。

「もしかして、月愛も苦手？」

そういえばさっきそんなことを言っていたような……と思っていると、月愛は苦笑して頷《うなず》く。

「ちょっとねー。釣りに付き合うときは、いつもマオくんにやってもらってた」

「そっか。じゃあ、俺がやろうか？」

「えっ、いいの？」

「うん、今やることないし」

ニッシーへの対抗心も湧いて、俺も好きな女の子にかっこいいところを見せたい気持ちになってくる。

ニッシーがほんとにこういうのが平気なのか、かっこつけてるだけなのかはわからないけど、俺はちょっと気持ち悪いと思ってしまう方なので、多少無理をして平静を装《よそお》い、月愛の釣り針に餌をつけた。

「わぁっ、ありがと、リュート！」

月愛は大げさに感謝してくれ、針を受け取る。

「……さすが男の子だね」

ほんのり頰を染めて、月愛が俺を見つめて微笑《ほほえ》む。

「……これくらい、普通だよ」

恥ずかしくなって、少し強がってしまった。

そんなとき、月愛の後ろにいる黒瀬《くろせ》さんの様子が目に入る。

イソメをつまんで針を持ち、ちょっとためらっている様子だ。

俺の視線に気づいたのか、月愛が隣を振り返る。

「海愛、だいじょぶ？　できる？」

声をかけられると、黒瀬さんは月愛と、その先にいる俺に目を配った。

「大丈夫」

そう言って、彼女はイソメを針に通す。

「これくらい自分でできるわ」

ハサミでパチンとイソメを切って、釣り針を海へ投げた。

「すごーい、海愛！」

月愛は尊敬したように目を輝かせる。

「小さい頃は、あたしがバッタとか捕まえてあげてたのにね」

「ああ、学校で秋の虫を飼う宿題が出たときね」

月愛たちがそんな話をしていたとき。

「リュートくん！　竿！　引いてるよ！」

真生さんに言われて、俺は自分の竿を見た。

確かに、竿がピクピクと不規則になっている。

「わっ！」

慌てて竿を手に取り、もたもたとリールを回し始めた。

「おおっ！」

水面から顔を出した糸には、赤いトゲトゲした魚がかかっていた。

「カサゴだね。刺身でも煮付けでもうんまいよ～」

真生さんの説明を聞きながら、魚の口から針を外し、足元に置いてあった氷入りのクーラーボックスに放つ。

「すっごぉーい、リュート！」

そう言って目を輝かせる月愛の前にある竿も、ピクピク動いている。

「月愛もかかってるよ！」

「わ、マジ⁉　どうしよ⁉」

月愛が慌てて立ち上がり、竿を持つ。

「えっ、ちょっと重い！　なにこれ！」

「大物かもよ」

彼女が重心を崩しそうになっているので、俺も竿《さお》を持ってリールを回すのを手伝う。

「逃げちゃったらどうしよ～」

「ゆっくり引き上げよう」

細いリールを二人で回すので、月愛の手に自分の手を重ねることになってドキドキする。

身体《からだ》も近づいて、フローラルだかフルーティだかな香りが潮の匂いに混じる。

そんな中で。

「初めての共同作業……」

キスできそうな距離で俺を見上げて、月愛がいたずらっぽくつぶやいた。

大きな瞳に、俺の顔が映っている。

「えっ……」

ドキッとして、一瞬リールを回す手が止まった。

照りつける太陽の下、俺を見つめてやわらかく微笑む彼女は、どこまでも美しくて、女神のように尊く、愛おしい。

幸せだ、と思った。

重なる手の温《ぬく》もりを感じるのはもう何度目になるかわからないけど、彼女の温度はいつだって俺の胸を苦しいほど締めつける。

脳みそが甘く痺《しび》れて、急に喉が干上がったみたいになって、うまく声が出せなくなる。

「初めての……共同作業……」

カサカサの声で、月愛の言葉を復唱した。

そういえばこのポーズ、テレビとかで見る結婚式のケーキ入刀のときの格好に近いような……と考えて、頬が熱くなるのを感じた。

そんな俺の反応をたっぷり楽しんで、月愛がニッと笑った。

「なんてね！」

女神の笑顔が水飛沫《みずしぶき》のように弾《はじ》けて、今年もあの季節がやって来たと思った。

やっぱり俺は、今でも彼女に敵《かな》わない。


そこからは、フィーバータイムだった。

「ニコルもまたかかってる！」

「マジか！」

「ニッシーも！」

「えっ、ほんとだ！」

釣《つ》り竿《ざお》を下ろすと、すぐに魚が食いついてくる。

だんだんと活《い》き餌《え》にも慣れ、なんの感情も持たずに針を通してハサミで切断できるようになってきた。

「ちょっとぉっ！」

そんな中、谷北さんが一際《ひときわ》大きな声を上げた。

「なんなのよっ！　糸絡《から》まっちゃったじゃないのっ！」

隣のイッチーに向かって、真っ赤な顔で声を張り上げている。

「だ、だって、俺も魚がかかったから上げようと思って……」

イッチーが小声で言い訳している。

二人の釣り竿を見ると、糸が空中で絡まり合っていた。

「あー、おまつりしちゃったか。そのまま待ってて～……」

真生さんが船を移動して手伝おうとするが、二人は。

「あんたバカなの⁉　動かさないでよっ！　ちょ、ちょっと……ま、ますます、か、絡まり合っちゃったじゃないのよ！　このスケベ！　ド変態っ！」

「いやっ、そっちがそんなこと言うから取ろうとして……」

「ちょ、ちょっ、何すんの⁉　早く離れてよっ！　こんな絡まったら……絡み合ったら……にっ、妊娠しちゃうっ！」

真っ赤になって、酸欠のように口をパクパクさせて、谷北さんは大海原に向かって叫ぶ。

「にっ……!?」

イッチーもたちまち赤くなって、言葉を失う。

ってか、釣り糸が妊娠ってどういう状態なんだ……。谷北ワールドは俺にはわからない。

「はーい、今取るから落ち着いてね、お二人さん」

そこで真生さんが到着して、二人の釣り糸を解きにかかる。

「あ、月愛！　俺のに魚かかってるから巻いといて～」

「はーい！」

そんな中、谷北さんとイッチーは、赤い顔をして押し黙っている。

「…………」

「…………」

「ほーら、解けた。今度は気をつけな」

無事解けた二本の釣り糸が、二人の手に渡される。

真生さんも去り、銘々の手で餌をつけられた二本の糸が再び海の中へ垂らされた。

「…………」

「…………」

谷北さんとイッチーは、互いにそっぽを向くかのように座って、自分の釣り竿を見ている。

「……若いっていーねぇ」

打って変わって静かになった船上を見渡して、真生さんが冷やかすようにつぶやいた。

「それにしても、あっつ〜！」

正午近くになって、月愛《るな》が空を見上げて目を細めた。

入れ食い状態は一旦落ち着いて、俺たちは釣り竿を立ててのんびり引きを待っている。

「ほんと暑いね……」

俺は海釣りを舐《な》めていた。

海の上には日差しを遮るものもなく、南中に近づくにつれて船上のどこにも影がなくなって、直射日光と鏡のように光る海からの照り返しで、馬鹿みたいに顔が熱い。真生さんから月愛を通して伝言された持ち物にあった帽子とサングラス（父親のゴルフ用のを借りた）は持ってきたけれど、今日一日で、バカンス帰りの人みたいに焼けそうな気がする。

「あ〜ムリ、これじゃ日焼け止め塗っても全然焼ける」

月愛が耐えかねたように言って、持っていたタオルを顔に巻きつけた。そして、ぐるりとつばのついた帽子（バケットハットというらしい）を目深《まぶか》に被《かぶ》ってサングラスを装着する。

月愛の顔から肌の色が一切消えて、一見しただけでは誰だかわからなくなってしまった。

「うわっ、ルナち、ヤバ！」

「でも、それよさそー！　あたしもやろーかな」

「ニコるんは黒ギャルじゃないの？」

「いや、しょーみ肌痛いんだわ。日サロでもこんな焼かねーし」

「あーね」

山名さんと谷北さんが、そんなことを言いながら、銘々タオルを取り出して月愛の真似《まね》をする。

「えっ、ニコルもアカリもヤバっ！　なにそれ～！」

月愛が二人を見て爆笑する。

「いや、あんたも今同じ姿だから」

「マジ!?」

月愛がスマホのカメラを起動してインカメラにする。

「ほんとだ～！　ワロリンヌ」

「ねね、三人で撮ろ！」

谷北さんが言って、こちらに移動してくる。

「めっちゃ怪しい！　ムリ！　なにこれお腹《なか》痛い」

「ねね、マリめろも……ってうわっ！　もうやってるじゃん！」

谷北さんの声で黒瀬《くろせ》さんの方を見ると、いつの間にか黒瀬さんも同じ格好になっていた。

「えっ、めっちゃシュール！　やめてぇ海愛！」

月愛がそれを見て笑い転げる。

黒瀬さんの帽子は、白いレースのように編まれた麦わら帽子で、リボンやコサージュがついたお嬢様っぽい繊細なデザインだった。それに赤いフレームのハート型サングラスと、何かのグッズと思われるキャラものの柄タオルを顔に巻きつけているから、何者なのかわからなくて怪しさ満点だ。

「しょ、しょうがないでしょ、サングラスなんてノベルティのしか持ってなかったんだから！」

「いや、タオルも！」

「フェイスタオルなんて推しのしか買わないし！」

「それ、ゆめプリのライブグッズやんな？　友達がツイッターに上げてたから知ってる

～！」

「ほんと⁉　朱璃《あかり》ちゃんのお友達は誰推しなの？」

「えーっとね、ユーくんだかマーくんだか……」

「誰⁉　そんな人いないよ⁉」

「マジうける。アカリもテキトーかよ」

「ニコるんと一緒にしないで！　友達の他ジャンルの推しなんていちいち把握してられないのっ！」

「あははははっ！」

月愛がお腹を抱えて笑い転げる。

普段は揃《そろ》いも揃って美少女なのに、今の彼女たちの姿を見ると、会話が盛り上がれば盛り上がるほどシュールな光景だ。

「うわっ、なんだそれ」

ニッシーが山名さんを見て、ぎょっとした顔になる。

「……でも、こっちのが話しやすいかも……」

その向こうでは、イッチーが陰キャ全開なことをつぶやいている。

「ははっ」

思わず、俺も笑い声が漏れた。

楽しいな、と思った。

彼女と、彼女の友達と、俺の友達と。

予備校のない、唯一の連休の日。

照りつける太陽と、一面の大海原。

この時間がいつまでも続いて欲しいと思った。

♧

夕方になる前に、俺たちは陸に引き上げて、サヨさんのお宅に釣果《ちょうか》を持って押しかけた。

一番少なかったイッチーで五匹、一番多かった山名さんが二十匹近く釣っているから、全員分を合わせたら相当な数の魚が釣れたことになる。

「はぁい、お刺身できたよ～」

サヨさんが、台所で真生さんが捌《さば》いた魚を持ってきてくれた。

「こっちは煮付けねぇ」

こちらはサヨさんの手料理だ。

「サヨばあ、あたしが運ぶから！」

「わたしもやるわ」

月愛と黒瀬さんがテキパキ動く。

「お、俺もやります……」

遅れをとりながら、俺も立ち上がり。

そうして、早めの晩餐《ばんさん》の支度が整った。

「カンパーイ！」

コーラやお茶の入ったコップを手に取って、宴会の始まりだ。

まだまだ魚はあるので、真生さんとサヨさんは台所で調理を続けている。

畳敷きのリビングダイニングにある食卓は、去年の夏、月愛たちと一緒に朝晩囲んだものと変わっていないから、この人数だとさすがに狭く感じる。

「ん～！」

月愛が、早速刺身を食べて頬を押さえる。

「自分で釣った魚はおいし～！」

「って、自分で釣った魚の切り身がわかるの、月愛？」

黒瀬さんにツッコまれて、月愛は「えっ」と真顔になる。

「うーん……」

皿に並べられたカサゴは、三匹分くらいだろうか。ウロコを取って綺麗《きれい》に下ろされて刺身になり、生前の特徴は消え去っている。

「なんとなく？」

あはは、と月愛は笑った。

「あたし、感覚で生きてるから！　でも、けっこー自信ある！」

「もー、月愛ってば」

やれやれというように黒瀬さんが笑う。二人の往年の関係性がわかるようで、ほほえましい。

俺の隣では、イッチーとニッシーが、縮こまってひっそり食事している。他人の家に緊張しているらしい。俺も去年滞在していなかったらそうなっていたと思うから、陰キャとして気持ちはわかる。

「今回も鬼ギャル無双だったな……」

「つられて自分も釣った気になってたけど、全然だったわ」

ニッシーの釣果は六匹と、イッチーと大差ない。山名さんの面倒を見ていて、自分の方まで手が回らなかったのもあるだろう。

「だけどあんたたち、後半冷たかったじゃん」

そこで、ニッシーの隣に座る山名さんが、急にイチャモンをつけ始めた。

「そーそー。最後の頃、男子みんな、話してても目も合わないし」

「返事も雑だったよねー」

谷北さんと山名さんの詰《なじ》るような視線を受けて、ニッシーが慌てる。

「いやだって、みんなサングラスしてて、どこ見てんのかわからなかったし……」

「顔見えないもんな、あの格好」

イッチーがボソッと言ってしまった。

それを聞いて、山名さんが眉を吊り上げる。

「あー、やっぱあんたたちが仲良くしてくれるのって、あたしたちの美貌《ビボー》が目当てだったんだ」

「これだから男ってヤダ～！」

谷北さんもすかさず同調する。

「もういつもあのカッコしてようかなー」

「男子って、可愛い女の子じゃないと、友達にすらなってくれないんだねぇー」

「いや、当たり前だろ……」

イッチーは性懲りもなく本音をつぶやいてしまう。

そんなとき、ふと傍《そば》から強い視線を感じた。

隣の月愛《るな》が、箸を持つ手を止めてじっと俺を見つめていた。

「……リュートも、そーなの？」

「えっ？」

戸惑っていると、月愛は小首を傾《かし》げて上目遣いになる。

「どーなの？」

「えっ……と……？」

何について訊《き》かれてる？　山名さんが言ってた「美貌目当て」ってことか？

「うーん……」

少し考えて、俺は口を開いた。

「……確かに、普段から今日みたいな格好してたら……好き……にならなかったかもしれない……」

隣にイッチー、ニッシーがいるので、月愛にしか聞こえない小声を保って、こっそり話す。

「けど、俺はもう……月愛のこと……好、き、だから……どんな格好してても、冷たくは、しないよ……してない、つもり」

そりゃ、可愛い顔を見せてくれてた方が嬉《うれ》しいのが本音だけど。

「……それでも、冷たくしてたと思われてたら、ごめん」

俺の言葉に、月愛は首を横に振る。

「んーん。思わなかった」

ほんのり頬を染めて、月愛は俺に微笑《ほほえ》みかける。

「リュートはいつも優しいから」

「…………」

二人の間が甘い空気で満たされて、くすぐったいやら、他の人の手前恥ずかしいやらで、俺はへどもどする。

そんなとき。

「いいな。羨ましい」

月愛の隣にいる黒瀬さんが、俺たちを見て言った。

黒瀬さんは笑顔だった。気まずそうな表情は微塵《みじん》もなく、まぶしそうに目を細めている。

「わたしにも、いつかできるかな。加島《かしま》くんみたいな彼氏」

「………」

俺は何も言えなくて、答えられない。月愛も同様だったのだろう。

すると、話を聞いていたらしいニッシーが、こちらへぐいっと身を乗り出した。

「カッシーがそんないい彼氏か？　KENキッズだぜ？」

自分も同類のくせに、そんなことを言う。

だが、月愛は素直に頷《うなず》いた。

「そーだね。たぶん、もしかしたら……他の女の子にとっては、そんなにいい彼氏じゃないのかも」

オイ、いや知ってるけども！　とツッコミたくなって月愛を見ると、彼女は口元に幸せそうな笑みを浮かべていた。

「でも、あたしは大好き。他に代わりなんていない、世界一大切な人」

まるで太陽が東から登って西へ沈むというような、当然の摂理を語る口ぶりで、さらっと月愛が言った。

「………」

黒瀬《くろせ》さんの眉が、ほんのわずかに曇る。何か傷ついたことを思い出したのかもしれない。

そんな妹を、月愛は優しい微笑みで見つめる。

「だから、海愛には、いつか、海愛だけにふさわしい人が現れるよ。……きっとね」

その面持ちは慈《いつく》しみに満ちていて……女神のようだな、と船上で抱いた感動を思い出した。

「……そうだね」

姉の言葉を充分噛《か》み締《し》められるほどの間のあとで、黒瀬さんはそう言って顔を上げた。

「いつか、そういう人と出会えるといいな」

つぶやいて微笑む目には、光るものが浮かんだような気がするけれども、黒瀬さんはすぐに俺たちから顔を背けてしまった。

それでも、彼女の前向きさは伝わってきた。

修学旅行の頃には決して触れることがなかった俺のことを、話題にしてくれるようになったんだから。

そうしてなんとなくみんながいい雰囲気になって食事を再開していると、ニッシーが急にそわそわしながら隣を見た。

「……笑琉《にこる》は、最近会ってるの？　『センパイ』と」

「ん？」

煮付けを取り箸でほぐしていた山名さんは、話しかけられて手を止める。

「……ううん。最近、新しい予備校に慣れるのにバタバタしてそうだったし、連休は集中授業だっていうから、メーワクかなって」

「そっか、ふーん……」

気のない返事をしているけど、表情から安堵《あんど》と嬉しさが滲《にじ》み出《で》てしまっているから、ニッシーもまだまだだな。

「っていうか」

山名さんが、再び煮付けに箸をつけながら口を開く。

「今日は、ほんと……ありがと。助かった」

ちらちら目を見ながら、そう言った。

ニッシーの顔が急に赤らみ、山名さんから視線を逸《そ》らす。

「いや……っと……べ、別に……」

好きな子にお礼を言われてうろたえる様は、ニッシーもやっぱり童貞だなと思う。船上ではやたらかっこよく見えたので、ちょっとほっとしてしまった。

「ん」

そこで、山名さんがニッシーに向かって手を出す。箸を持っていない方の手だ。

見つめる先は、ニッシーの手元にある、まだ使われていない取り皿だ。

「ほら、貸しな！　よそってあげるから。それともいらないの？」

「えっ……」

ようやく彼女の意図を理解したニッシーは、遅ればせながら皿を差し出す。

「いや、あっ、いるっ！」

慌てて差し出した皿に、山名さんが笑いながら煮付けをよそった。

「えーっ⁉　ちょ、ちょっつっっと‼」

そこで突然、谷北さんが叫んだ。

彼女は赤い顔をして、テーブルを挟んで向かいに座っているイッチーをにらんでいる。

「な、何……？」

イッチーはビクビクだ。

「そ、それっ、うちのコップなんですけど……っ！」

「えっ⁉」

イッチーは、自分が持っているコーラのグラスに視線を落とす。

「で、でも、ここに置いてあったから……」

「醤油《しょうゆ》皿が来たから、ここにあったコップ移動したのっ！　あんたのはそれでしょ！」

「えっ⁉　あっ……！」

そこでようやく、イッチーは自分が口をつけてしまったのが谷北さんのコップであったことに気づいたようだ。

「まーいいじゃん。間接キスくらい。あんたもイヤじゃないんでしょ？　いーかげん素直になったら？」

山名さんに呆《あき》れたように言われて、谷北さんはさらに顔を赤くする。

「かっ、かかかかっ……かっ！　キ、キキキキ……キスッ⁉」

何かの動物の鳴き声のような奇声を上げて、口をパクパクさせる。

「てか何言ってるのニコるんっ！　いっ、イヤに決まってるでしょっ⁉　こんな変態ドスケベ野郎とーっ！」

「へっ……へんた……⁉」

船上に引き続き、ひどい言われようのイッチーだ。どうしていいかわからずコップを持って視線を右往左往させる。

「ウェーイ、キスの天ぷらだよー！　熱いうちに食べちゃいな～」

そんな中、真生さんが台所から皿を持って登場した。

「キッ、キスぅ⁉」

谷北さんが過剰反応して叫び声を上げる。

「おっほっほっほっ……」

いつの間にか部屋の隅に座っていたサヨさんが、そんな俺たちを見て、高らかな笑い声を上げた。

初めての海釣り後の宴《うたげ》は、外がすっかり暗くなる頃まで続いた。

♧

五月下旬、少しずつ梅雨の先触れを感じさせるような天気が増えてきた頃、俺は月愛と再びサンシャイン水族館へやってきた。

「ん～、今日もみんな元気だねー！」

屋外コーナーの空飛ぶペンギンの前で、月愛は水槽を見上げて笑顔になる。

雨上がりの、土曜日の午前中。今日も夕方から授業がある。

一通り館内を流した俺たちは、屋外エリアにあるカフェのテラス席でランチをした。

風が吹くと、少し湿気を帯びた空気が動いて心地いい。いつの間にかもう、すっかり半袖で外にいられる陽気になっていた。

紙の容器に入った出来立てのパスタを、俺たちは銘々食べ進める。

「……福里《ふくさと》さん、思ったよりいい人だった」

パスタを巻く手をふと止めて、月愛《るな》がつぶやくように言った。

「……そう、なんだ……」

うまく相槌《あいづち》を打てずにいると、月愛は顔を上げて俺を見る。

「『お母さんだとは思わなくていいから、お友達になってくれたら嬉しい』って言ってくれて。だから、下の名前で『美鈴《みすず》さん』って呼ぶことにしたの。あとね、高校の頃けっこーギャルだったって聞いて、その頃の流行《はや》りのギャルファッションとかで盛り上がっちゃった」

そう言う表情には、ほのかな笑みも見て取れる。

「そっか……」

それで、俺もようやく微笑むことができた。

「よかったね……」

心から、そう思って。

プラスチックのフォークがオイルで滑って何度も巻き直したパスタを、解けないように
そろそろと口に運んだ。

食事後、俺たちはもう一度ペンギンを見に行った。

「あっ、虹！」

月愛が声を上げる。

水槽の向こうには、ビルからビルへと渡すように、雨上がりの空に虹がかかっていた。

「ほんとだね」

「きれ〜！」

月愛はうっとりと目を細め、水槽を見つめている。

「……今ね」

しばらくして、月愛はそっと口を開く。

「小さい頃、空を飛びたかったときの気持ちを思い出してた」

俺を少し見て笑った彼女は、再び水槽に視線を注ぐ。

「今の自分とは違う、胸がワクワクするような、素敵なものになりたかったんだよね。魔法使いとか、お姫様とか」

子どもの時分を思い出すように遠くを見つめるまなざしには、憧憬が表れている。

「少し大きくなってから、おかーさんみたいに誰かのお嫁さんになって、ママになりたいって夢を見つけたけど……それを叶《かな》えられるのは、まだ少し先の話だし」

俯《うつむ》いて照れ臭そうに笑ってから、月愛は笑顔を引っ込める。代わりに顔をのぞかせたのは、寂しさや焦《あせ》りだった。

「なりたいものって、みんなどうやって見つけるんだろう」

月愛が想像しているのは、たぶん夢を叶えるために進学先を決めた山名さんや谷北さん、それに黒瀬《くろせ》さんの顔だろう。

「自分の中に、生まれながらに備わってるものなのかな？　なんであたしには、いつまでもそれがわからないんだろう……」

天を仰ぐ横顔の口元が、喘《あえ》ぐように開いている。

「釣りのとき、考えてたんだ。みんなこんなふうにふざけてるけど、もうちゃんと自分の道を見つけてるんだって思ったら……あたしはここでみんなと騒いでていいのかなって……ほんとはそんな資格ないんじゃないかって」

あの楽しかった日にも、月愛の中にはそんな葛藤があったのかと思うと、彼女の気持ちになって、ほんの少し胸が締め付けられた。

「……いいんじゃないかな」

無責任なことは言えないけど、俺なりに彼女を元気づけてあげたくて口を開く。

「月愛は『とりあえず何者かになってみる』んだろ？」

「うん……」

月愛はおずおずと頷《うなず》く。

「でも、そのとりあえずの『何者か』すら、何がいいのかわからないんだよね……」

「それは俺も一緒だよ。今は大学を目指して勉強してるけど、その先どうするかなんて、全然決まってないし」

学部すらまだ定まっておらず、こんなことでいいのかと思ってしまう気持ちもある。

「俺に比べたら、月愛はもうケーキ屋さんで働き始めてるだろ？　すごいなって思ってるよ」

社会に向けて一歩踏み出してる姿は、自分のための勉強しかしてない俺の目にはまぶしく映る。

「うん、接客は好きだよ。でも、ケーキ屋さんなのかなー？　甘いものは好きだけど、お菓子の種類とか全然詳しくないから、お客さんに訊《き》かれても困ることあるし……」

月愛は、そう言って俯く。

「結局は、『おままごと』なのかも。あたしのやってることって……」

「…………」

それじゃダメなんだろうか？

月愛は一体、何を欲しがっているんだろう。

小さい頃から「野球選手になりたい」と厳しい練習を積み重ね、見事プロ野球選手になる夢を叶え、メジャーリーグで日本人記録を打ち立てるような人物だけが、自分の職業に心から満足できる人だとは思わない。

「自分が幸せだと思えるなら、それでいいと思うけど」

「だけど、自分がどんな仕事に就いたら幸せだと思えるのか、わからないんだよね……」

そう言って、月愛は水槽を見つめる。

「これから『なりたい』と思うものを見つけて、なれたとしたって、幻想《ゲンソー》かもしれないってゆーか……もしかしたら、空を飛んでるんじゃなくて、水槽の中で泳いでるだけなのかもしれないじゃん？」

こういうとき、月愛はとても真面目で純粋だなと思う。

彼女が夢見ているのは、とても純度の高い理想なのだろう。

「だとしても、その仕事で自分が小さな喜びを感じられるなら、それが幸せなんだと思うよ」

「…………」

月愛は、まだ浮かない顔をしている。

虹が透ける水槽を泳ぐペンギンは、そんな人間の悩みなど意に介さず、優雅に目の前を横切っていく。

「……ここにいるペンギンたちはさ、きっと夢を叶えたと思ってると思うよ」

通り過ぎるペンギンのしれっとした表情を見ながら、俺は言った。

「『空を飛んでる』って」

「えっ……？」

月愛は少し顔を上げて、意外そうに俺を見た。

「箱庭の幸せかもしれないけど、幸せって、別に大げさなものじゃなくて……案外そういうものかもしれないって、最近思ったりしたから」

俺が思い出していたのは、釣りの日、船上で月愛と共にリールを巻いていたときのことだ。

「『幸せ』って、『瞬間』だよね」

ささやかな喜びは、日常の中に次々に押し寄せる、そうではない出来事に、すぐに飲み込まれてしまうけれども。

「どんなに恵まれた環境でも、それが日常になったら、段々と喜びの感度が鈍くなるものきていけるっていうか」

だと思うし」

月愛は俺の顔を見つめて、じっと話を聞いてくれている。

「でも、たまに、ものすごく幸せな瞬間があって……そういう瞬間があるから、日常を生きていけるっていうか」

話がまとまらなくなってきて、俺は焦って口をつぐむ。

水槽を見ると、ペンギンたちの泳ぎは相変わらず悠揚としていた。

「あのペンギンたちは、毎朝思うと思うんだ。一面の青空の中、空気を切り裂くみたいに冷たい水を掻《か》いて進む、その一瞬に……『俺は今、空を飛んでる！』って」

月愛は軽く目を見開き、はっとしたように水槽を見上げる。

「どんな仕事に就いたって……小さい頃からの夢を叶えられた人だって、楽しい瞬間しかない仕事なんてないと思うんだよ」

まだバイトですら働いたこともない俺がこんなこと言ったって、説得力が皆無なのはわかってるけど。

でも、俺の人生には「あの白河《しらかわ》月愛と付き合う」というミラクルが起こった。

俺は月愛と付き合えて……最初は彼女の一挙手一投足にドキドキして、すべての瞬間にときめきを感じて、輝いていて。

黒瀬さんのことがあって、一時は別れの危機を感じたこともあったりしたけど。

でも、そんな楽しいばかりじゃない時期も含めて、月愛と付き合ってきたこの一年間は幸せだった。

「だから、現状に疑問を抱いたり、もがいたりできるのも、幸せの一部なんじゃないかと思うんだ」

ようやく、月愛の口元がほころんだ。

「……そっか」

納得したように深く頷いて、水槽を見上げる。

「じゃあ、ここのペンギンたちは『空を飛んでる』んだね」

噛《か》み締《し》めるように、月愛はつぶやく。

「ペンギンたちも、驚いただろーね。まさか自分が本当に空を飛べる日が来るとは、思ってなかったと思うから」

俺を見て笑いながら言って、月愛は軽く俯く。

「あたしね、一生ものの恋がしたかった。でも、いろんな人と付き合って……心の中では死ぬほど憧れてたけど、ほんとはそんな恋なんて、この世のどこにもないんだろーなって……あったとしたって、あたしの手には入らないんだろーなって、なんとなく思ってた」

ぽつぽつ語って、月愛《るな》は再び顔を上げる。

「そんなとき、リュートに告られたんだ」

きらりと輝く瞳で、嬉《うれ》しそうに俺を見つめる。

「リュートと付き合ってすごく幸せだったけど、頭のどこかで思ってたの。『こんな幸せがずっと続くはずがないだろう』って」

唇を軽く噛み締め、月愛は続ける。

「だから、リュートのこと、諦めそうになったりしちゃったこともあったけど……」

苦く笑って、月愛は俺を見た。その顔は清々《すがすが》しい。

「でもね、やっと最近……頭の中の声が消えたの。『あたし、夢見ていた恋を手に入れたんだ』って、心からそう思えるようになった。夢みたいなことが、あたしの人生で、ほんとに現実に起こったんだって」

「月愛……」

「でも、ね、だからこそ……」

と、月愛が眉根をわずかに寄せる。

「『こんなに幸せなんだから、それ以外の夢も持ちたいなんて思うのは欲張りで、神様に聞いてもらえない』って、自分で勝手に決めつけちゃってたのかも」

そう言うと、彼女は困ったような顔で俺を見る。

「どうしよう」

「えっ？」

「リュートと付き合ってから、あたし、すごく欲張りな女の子になってる。バチが当たりそうなくらい……」

「………」

俺は安堵《あんど》して、彼女に向かって微笑《ほほえ》んだ。

「当たらないよ。月愛は今まで……すごく頑張ってきたから」

過去の辛《つら》い経験をあまり思い出させたくなくて、励ますように言葉をかける。

「リュート……」

その瞳に一瞬光るものが浮かびかけるが、月愛はすぐに弾《はじ》けるような笑顔になった。

「そうなのかな。じゃあ……リュートを信じて、欲張りになってみようかな、あたし」

予備校への道を、俺と月愛は手を繋《つな》いで歩いた。

夕暮れ前のサンシャイン通りは、帰路を辿《たど》る家族連れや、食事に向かう若者たちで混み合っている。

空はすっかり晴れて、行く道は西日であたたかく照らされていた。

「織戸《おりど》さんがね」

ふと、何気ない世間話のトーンで、月愛が切り出した。

「シャンドフルールの他にアパレルでもバイトしてるらしいんだけど、就活でもう辞めるって言ってて」

織戸さんというのは、月愛が働くケーキ屋さんの、先輩アルバイトの女性だ。アパレルで働いているくらいだから、初めて会ったときオシャレな印象を受けたんだな、と頭の片隅で思った。

俺の誕生日サプライズをきっかけに、月愛は織戸さんと仲良くなり、今ではバイト終わりに時々お茶をして帰るくらいの仲だという。織戸さんは、俺たちより二歳上の専門学校生だと聞いていた。

「それで、『よかったら、代わりに月愛ちゃん働かない？　うちのブランド、ちょっとギャル系だからぴったりだと思うし、紹介するよー』って言ってくれて」

「えっ、そうなんだ」

急な展開に驚く。まさかそんな話だとは思わなかった。

「……どうするの？　働くの？」

俺が尋ねると、月愛は「うーん」と斜め上を向く。

「……やってみようかな」

西日を受けた頬をほんのり紅潮させ、月愛はつぶやくように言った。

「やっぱあたし、ファッションは好きなんだよね。ケーキ屋さんのバイトで、接客にも自信がついたから、誘われたとき、すごくワクワクしたんだ。もしかしたら実は向いてないかもしれなくて、この先めっちゃへコむこともあるかもしれないけど、今はこのワクワクを信じてみたいって思うの」

「そっか」

月愛がそう決めたのなら、俺は全力で応援するしかない。

「楽しいといいね」

エールを込めて、繋いだ手に力を入れる。

「うん！」

月愛が、キラキラした瞳で俺を見つめる。

「……あたしも、飛べるかな？」

期待と、ほんの少しの不安に揺れる、その両目を交互に見つめて、俺は大きく頷《うなず》いた。

「飛べるよ」

繋いだ手のぬくもりは、一年近く経《た》っても、ときたま俺に苦しいほどのときめきを与えてくれる。

「一緒に飛ぼう」

そう力強く口にしたら。

人だらけの大通りのアスファルトが、なんだか滑走路のように見えてきた。

最後に空を飛ぶ夢を見たのは、いつのことだろう。

小さい頃はよく見たはずなのに、いつの間にか俺は、潜在意識まで重力の足枷《あしかせ》に囚《とら》われていたのかもしれない。

飛ぶのは月愛だけじゃない。

俺だって、まだ見ぬ自分に出会うために、毎日机に向かって奮闘している。

君との未来のために。

こうして、高校生活最後の一年は、日常に埋没するほどの幸せの爪痕を日々残して、もう二ヶ月が経過しようとしていた。

トリック・オア・トリック!?

KEIKENZUMINAKIMITO
経験済みなキミと、
KEIKENZERONAOREGA
経験ゼロなオレが、
OTSUKIAISURUHANASHI
お付き合いする話。

短編集

青春回想録

あんなに暑かった日差しが、ちょっと和らいで。

なんか朝寒くない？　みたいな日が多くなってきた、九月の終わり。

放課後、廊下でニコルとダラダラおしゃべりしていたら、アカリがやってきた。

「ルナち、ニコるん！　今年のハロウィンどーするっ⁉」

「ハロウィン？　あー、もう来月か」

ニコルが天井を見上げて、つぶやいた。

終礼《しゅうれい》が終わってしばらくした廊下には、もうあんまり人がいない。

二学期になってから、同級生たちの空気が露骨にピリピリし始めてるのは、受験もなくてノーテンキに過ごしてるあたしたちにも、さすがにわかる。

「去年は、ミユんちでパーティしたんだよね」

「でも、ミユは受験組だから、今年はそれどころじゃないやんな？　ユナは彼氏とマジカルランド行くって言ってたし」

「今年は日曜日だから、街でイベントとかやってるんじゃね？」

「えー、でも渋谷とかちょっと怖くない？」

「まぁね。人多すぎるし、治安悪そーではある」

「ナンパされたいわけじゃないしね」

「仮装して写真撮りたいだけやんな」

「どーせなら、かぼちゃ料理的なやつも食いたくね？」

「じゃあ、やっぱ誰かの家かー」

ニコルとアカリと話しながら、あたしはちょっと考える。

「うち……は、今年はムリかなぁ」

「あ、美鈴《みすず》さん引っ越してくるんだっけ？」

「うん。おばあちゃんと、おじいちゃんの部屋の片づけ始めたから、今家めっちゃ汚いの」

つい先週、おとーさんの新しい奥さん、美鈴さんの妊娠がわかった。二人は、籍を入れてから病院に通って不妊治療をしていたみたいだから、それはすごく喜ばしいことだった。

……あたしにとっても。

ほんとは、もっとフクザツな気持ちになるのかな、なんて想像してたけど。

いざ弟か妹ができるってわかったら、今は楽しみな気持ちのが勝ってる。

去年のクリスマスイブ、いきなり美鈴さんの存在を知って、「二人のロッテ作戦」の失敗を知ったあたしは、めちゃくちゃショックを受けて。

リュートにおとーさんを説得してもらって、美鈴さんとの同居を待ってもらったけど。

赤ちゃんができたら、そんなことは言ってられない。子育てって、きっとすごく大変だもん。美鈴さんも、おとーさんと一緒に暮らすべき。あたしもそう思う。

っていうか、高三になって、あたしも少し大人になって。

美鈴さんとちゃんと話すようになったら、実はめっちゃいい人で。

今はおとーさんなしで会ってるくらいの仲良しだから、美鈴さんが我が家に来るのは、赤ちゃんが生まれるのと同じくらい楽しみだった。

「じゃあ、ルナちの家はムリとして……うちもムリかもー。今、弟が絶賛反抗期中じゃん？」

アカリが腕組みして言った。

「あー、しかも中三で受験生じゃなかった？」

「そそ。うちのことも『姉がギャルとか、バカそうで恥ずかしい』とか言ってるのに、ギャル友達呼んでハロパなんかしてたら、家中の窓ガラス叩《たた》き割《わ》って飛び出されそーだよ」

「尾崎の曲かよ！」

ニコルがツッコんだ。「オザキ」は、あたしにはよくわからないけど、ニコルはお母さんとちょー仲良しで、古い歌をよく知ってるから、きっと昔の歌手なんだろーな。

「んー、そしたら、うちしかないかぁ……。一応聞いてみるけど、どーかな」

　ニコルが困ったように言った。

「そもそも何時にやる？　昼？　夕方？」

「あーね。どうしよ？　昼から夕方くらいがいーかなって思ったけど。夜遅くに帰るの怖いし」

「でも、それだとニコルのお母さんに悪いよね」

「んー、そーなんよねぇ……」

　ニコルのお母さんは深夜まで営業している飲食店で働いているので、昼前に起きて、夕方支度をして出勤する。ニコルの家は、リビングダイニングと寝室の間が襖《ふすま》一枚なので、お母さんに気を遣ってしまうなと思った。

「じゃあ、カラオケとかにする？」

「でも、どこで着替えるの？　家から着てくのは恥ずくない？」

「着る物にもよるけどねー」

「だって、うちらが集まるなら、誰かは絶対電車乗って行くわけじゃん？」

「確かに……」

「関西住みだったら、ユニバとか行けるのになぁー」

「来年行こーよ！　高校卒業したら、旅行も自由じゃん？」

「行きたい！　めっちゃ楽しみ！　上がってきた！」

そんな感じで盛り上がっちゃって。

結局、その日は、今年のハロウィンのことは何も決まらなかった。

♧

「ハロウィン？　うちでやればー？」

それは、海愛んちに遊びに来てたときだった。

あたしが「ハロパ会場が決まらない」話をしたら、おかーさんがそんなことを言った。

「十月末でしょ？　おじいちゃんとおばあちゃんは、たえちゃんと旅行行ってる予定だから。土日ならあたしは仕事だし、海愛も予備校行ってるから、ちょうどいいんじゃない？」

たえちゃんというのは、おかーさんとマオくんのお姉さん……あたしと海愛にとっての伯母さんのこと。

昔、あたしが海愛からもらった猫のぬいぐるみ「チーちゃん」を、海愛に買ってくれた人だ。

「わたしは別にいいわよ」

海愛は手元の本の頁《ページ》から目を離さずに言った。

今は土曜日の夜十時過ぎ。

海愛と仲直りしてから、あたしは時々黒瀬《くろせ》家に遊びに来る。高三になってからは、海愛の勉強の邪魔になるから、頻度はだいぶ減ったけど。今日も、黒瀬家に来るのは三ヶ月ぶりくらいだ。

海愛はついさっき予備校の自習室から帰ってきたところで、帰ってきてからも、リビングのソファに座って、英語の単語帳を開いていた。

あたしは夕方黒瀬家にやってきて、仕事から帰ってきたおかーさんと夕飯を食べて。今夜は海愛の部屋で一緒に寝て、明日みんなで朝食を食べてから、帰る予定だ。

おじーちゃんとおばーちゃんは、もう部屋で休んでいる。

「おじーちゃん……旅行なんてできるの？」

あたしは、それが気になっておかーさんを見る。

台所で何か作業をしながら、おかーさんは苦笑する。

「すぐ忘れちゃうだろうけどね。……たぶん遠出できるのも最後だろうから、たえちゃんが思い出作りたいって。温泉旅行くらいなら大丈夫だろうって、先生も言ってくれたし」

ちょっと声をひそめて、そう答えた。

それなら、確かに、黒瀬家を会場にしてもよさそうだけど。

「……でも、海愛は？　ほんとにいーの？　勉強して疲れて帰ってきて、我が家にハロパの残骸があっても？」

アカリの反抗期の弟の話を思い出して、心配になって訊《き》くあたしを、単語帳から顔を上げた海愛が見る。

「かまわないわよ。わたし、もともとそういうの興味ないから、羨ましいとも思わないし」

そう言って微笑を浮かべる海愛を見て、あたしは「大人だ……」と感動した。

♧

そーして、黒瀬家でのハロウィンパーティが決まって。

「何着るー!?　直前だと売り切れ出るし、早く注文しないと！」

昼休み、ニコルたちのE組にお昼を食べに行くと、アカリが鞄《かばん》から冊子を出した。よく服の通販をしたときに段ボール箱に入ってくる、無料の通販カタログだ。ペラっとめくったら、ギャル向けのコスプレ衣装がずらっと載ってた。

「え、これめっちゃ可愛《かわい》い！」

「鬼コス？　エロくない？　ほぼ下着じゃん！　ルナちとニコるんはスタイルいいからいいだろうけどさぁ」

「じゃあこれは？」

「チャイナかー！　アリよりのアリだね」

「だねー！　ハロウィンになんでチャイナ？感はあるけどね」

「それ言ったら、ポリスとかナースも謎じゃね？」

「でも、魔女とかありきたりじゃん？　うち黒似合わんし。ゾンビとかも、もう飽きたー」

「せっかくだから、可愛いの着たいよねっ！」

「あっ、じゃあこれは？　新しくね？」

ニコルが指差したモデルのコスプレを見て、あたしとアカリは目を見合わせて。

「「……アリかも……!?」」

ほぼ同時につぶやいた。

♧

「ねぇねぇ、リュートって、ハロウィンなにかやる?」

放課後、学校から駅までの帰り道を一緒に歩きながら、あたしはリュートに訊いた。

リュートは、高三になってから平日も学校帰りに毎日予備校に行くから、駅までの貴重なデート時間だ。

「え?」

別のことを考えてたのか、リュートはハッとしたような顔であたしを見る。

「……ああ、もうそんな時期か……今月の終わりくらいだっけ?」

「……うん……」

「模試があるんだよね。普通に勉強かなぁ……ハハ」

なんかもう、そんなの全然どうでもいいって感じの返事だ。

リュートは受験生だし、確かにそーなんだろうなって思う。今だって、勉強のことを考えてたのかもしれない。

ケーキ屋さんとアパレルのバイトで毎日それなりに忙しくしてるけど、進路のことに関しては相変わらず「なんとかなるっしょ」な、ノーテンキな自分が恥ずかしい。

でも、あたしには受験勉強のことなんて……しかも法応大みたいな難しいところを目指す人の勉強内容のことなんか全然わからないし、いちいち気にしていたら話題がなくなってしまうから、続けて話すことにした。

「リュート、ハロウィンでコスプレとかしたことある？」

「えぇ？　ないなぁ……男同士でそんなことしてもしょうがないし……幼稚園の頃、親に仮装させられて、商店街にお菓子をもらいに行ったことはあった……気がする」

「……そ、そっか」

幼稚園まで遡っちゃったか。

「ニコルたちと話してたんだけど、コスしてユニバ行ったりしたいねって。リュートとも行きたいなぁ」

「……そうだね」

リュートは穏やかな微笑で答えてくれる。

「それには、まず大学生にならないといけないんだよなぁ……」

「…………」

結局そーなっちゃうか。

まぁ、なっちゃうよね。だって、人生がかかってるんだもん。

あたしも理解しないといけない。……してるつもりだ。これでも。

「それでね、今日ニコルとアカリと、今年なんのコスするか決めたんだ。もうネットで注文した！」

「そうなんだ。何にしたの？」

あ、やっと興味持ってくれた顔した。

「ふふ、ナイショー」

嬉《うれ》しくて、謎にもったいぶっちゃう。

少しでも長く、リュートにあたしのこと考えてほしくて。

「当てて～！」

「え⁇　……メイド？」

「ブッブー！　……ってかリュート、メイド好きすぎじゃない？」

「いやっ！　そんなんじゃないけどっ！」

リュートが真っ赤になって、焦《あせ》った顔で反論する。

「前も着てたから、もしかしてって……思うじゃん⁉」

「もぉ～。そんなに好きなら、今度また着てあげるよ～！　……二人のときにね？」

「……ふ、二人のとき……!?」

何を想像しているのか、リュートはめっちゃ目を泳がせる。

「ふふ〜」

そんなリュートが可愛くて。

でも、今のあたしたちには、これ以上どうしようもなくて……。

学校から続くゆるやかな下りの坂道は終わって、駅はもうすぐそこだ。

「…………」

このへんでちょっぴり寂しくなっちゃうのは、いつものこと。

「……だから、今は勉強頑張ってね」

もう少し一緒にいたい気持ちをぐっと我慢して、あたしはリュートに微笑《ほほえ》みかけた。

「……うん」

なんか言いたそうなのに、それだけ言って頷《うなず》くリュートの顔を見たら、あたしと同じ気持ちなのかなって思えた。

「頑張るよ。ありがとう」

リュートの穏やかな微笑を見ながら、あたしは。

冬なんかすっ飛ばして、早く春が来ればいいのになと思った。

♧

そんなこんなで、ハロウィン当日。

あたしたち三人は、海愛の部屋で着替えていた。

「マリめろも参加できたら楽しかったのにな〜」

「仕方ないよ、受験生は。リュートも最近ヤバそーだもん」

「ヤバそーって何が？　成績？」

「いや、セーシン的に？　あたしが話しかけても上の空なことあるし」

「そら相当だね。あのカシマリュートが」

「海愛も、家でもずっと単語帳とか見てるし」

「ゲェー！　マジで尊敬する〜！　なのに部屋も綺麗《きれい》だし。もっと地雷系寄りかと思ったけど、意外とシンプル」

「アカリの部屋、荒れすぎててヤバいんでしょ？」

「推しのグッズが多すぎるんよ〜！　売りに行っても倍買って帰るし！」

「あはは」

アカリが言う通り、海愛の部屋は、本人の女の子らしいイメージとは逆に、とってもシンプルだ。海愛は綺麗好きだから、部屋は普段から片づいている方だけど、最近は机の上に参考書類が積み重なっていたり、服や上着が乱雑に掛かっていることもあった。

でも、今日は机もクローゼット周りも高二の頃のようにすっきりしているから、わざわざ片づけてくれたのかなと思ったら、受験勉強中なのに悪かったなと思う。

「ルナち、ちょっと痩せた？」

着てきた服を脱いでいるあたしを見て、アカリが訊いてきた。

「わかんない、最近体重計乗ってないけど、そんな変わってない気がするー」

「でも、めっちゃくびれてるじゃん！　リアルで加工フィルター搭載してるってチートすぎない⁉」

「アカリだって細いじゃん？」

「うち骨ストだからくびれありませーんっ！」

「あたしも骨ストだけど？」

「ニコるんは身長百六十あるでしょっ！　それもチーターだから！」

「あはは」

そんなこと言ってるけど、アカリはめちゃめちゃ自撮り魔だし、誰よりも自分大好きだから面白い。

他に誰も見てないからって、みんな好き放題脱ぎ散らかして、いきなりブラとパンツになってから、鞄《かばん》からゆっくり衣装を取り出して、ダラダラ会話してる。この感じ、女子校みたいで好きだったりする。

「これ、どーやって着んの？」

「えっ、ニコるん、家で一回も着てないの？」

「一度出すと、また綺麗にしまうの大変じゃん？　袋入ったままのが持ち運びしやすいし」

「それはわかるけどー」

衣装は上下に分かれていて、お腹《なか》が出るデザインになっている。ニーソックスやガーターベルト、髪飾りに脚飾り、カチューシャ、しっぽまであるから、アイテムがめちゃくちゃ多い。

全体的にチャイナテイストだけど、飾りには黄色い紙に赤い字で書かれたお札がついていて、マガマガしさ？　みたいなものも感じる。ハロウィンにぴったりなこの衣装は、「キョンシー」だ。

「そもそもキョンシーってなんなん？」

ニコルが、着替えながら素朴な疑問を投げかける。

あたしも着替えながら、首を傾《かし》げた。

「ん〜、よくわかんないけど、なんかゾンビ的なやつらしいよ！　おかーさんに着て見せたら『なつかしー！』って。おかーさんが小さい頃にテレビでやってたみたい」

「あ、うちのママも言ってたー！」

着替え終わったアカリが、トップスのサスペンダーをスカートにくっつけながら言った。

「アニメ？」

「実写だって。れーげんどーし？　ゆーげんどーし？　聞いたけど忘れちゃったぁ」

「え、何それドイツ語？」

「中国じゃなかった？」

「だからちょっとチャイナ服っぽいのか」

「ニコるん、マジでなんにもわかってなくてウケる！」

「最近バイト忙しくてさー。夏休み明けに大学生が二人も飛んだから、今月鬼出勤だったんよ」

「そーだよね、お疲れ」

あたしが言うと、ニコルは少し微笑みかけてくれた。

「……まぁ、忙しいのは悪いことばっかりでもないけどね」

ニコルの顔が寂しげになって、あたしはニコルの心の中を想像する。

学校で毎日リュートと会えるあたしと違って、ニコルは、彼氏の関家《せきや》さんとほとんど会えない日々が、もう一年も続いている。

ニコルを見てると、あたしも頑張らなくちゃなって思う。

「……もーすぐだよ、ニコル」

自分で自分を励ますつもりで、あたしはニコルに言った。

「もーすぐ冬が来て……そしたら春が来るじゃん!?」

「ルナ……」

ニコルは、あたしの顔をじっと見つめてから。

「……ぷっ！」

なぜか吹き出した。

「えっ、なんで笑うの!?」

「だって、いいこと言ってる感バリバリの顔で、めっちゃフツーのこと言うじゃん！」

「ルナち、あたりまえ体操すぎ～！」

アカリと二人でお腹を抱えて笑うニコルを見て。

励ましはちょっと不発だったけど、ニコルの笑顔が見れてよかったなって、あたしは嬉しかった。

キョンシー衣装に着替えたあたしたちは、いろんな自撮りをしまくった。

キョンシー衣装は色違いで三パターンあったから、ニコルは赤、アカリはピンク、あたしは青の衣装を購入した。

トップスはチャイナっぽい詰襟だけどオフショルの谷間空きで、スカートはふわっと広がるミニスカで、ニーハイをガーターベルトで留《と》めて履くと、ちょっとメイド服感もある。あちこちにお札をつけた、なんか変なメイドだけど。ついでに、ネコミミとしっぽもついてるから、キョンシーとしても謎だけど、可愛《かわい》いからヨシ！ってことで。

これならリュートも喜んでくれそう。

見せたいな、とちょっとだけ思っちゃった。

「あっ、センパイ既読ついた！」

さっき自撮りを送ってたニコルが、嬉しそうに声を上げた。

「センパイ、なんて？」

「……既読だけ……」

「授業中なんじゃん？　とりあえず開いただけで」

「んー、そーかも」

アカリに励まされても、ニコルが口を尖《とが》らせている。

「……ルナは？　カシマリュートは絶対褒めてくれるでしょ？」

「えっ⁉」

あたしはハッとした。

「あ……まだ送ってない」

「え？　なんで⁉　さっきうちが撮ったやつ、ルナちめちゃめちゃ盛れてたじゃん⁉　早く送んなよ〜！」

「あ、うん、そーだね」

そう答えて、あたしはとりあえずＬＩＮＥを開いた。

☆Luna☆
おはよ！

ハロパ行ってくるねー！

りゅりと
いってらっしゃい
俺し自習室行ってくるよ

リュートとのトークは、あたしが送った「がんばれ」のおさウサスタンプが既読になって、終わっている。

「…………」

あたしは、そのまま何もせずにLINEを閉じた。

「送った？」

「……う、うん！」

アカリになんとなくそう答えてしまって、気まずくなってスマホを手から離した。

「ルナちのキョンシー姿、どうだって？」

「あはは。リュートも勉強中だろうし、そんなすぐは既読つかないよ」

「ま、カシマリュートなら『似合ってるね』とかでしょ。返信見なくてもわかるわ」

「えーつまんない！　そこは『シコリティ高いね』とか言ってほしい！」

「はぁ？　そんなこと彼氏に言われて嬉《うれ》しいか？」

「ニコるんは嬉しくないのー？」

「……ちょっと嬉しいかも」

「ほらぁ！」

「しこりてぃ……？」

あたしは二人に比べてオタク系の用語には弱いので、そっち系の言葉なんだろーなと思った。覚えてたらあとで調べよう。

あ、なんかそっち系では「好き」のことを「すこ」とか言ったりするから、もしかして「好きのクオリティ」ってことかな？

それなら、言われたら確かに嬉しい気がする。

「じゃあ、リュートに言ってみよーかな？　『しこりてぃ高い？』って」

あたしが言ったら、アカリとニコルが驚いた顔でこっちを見た。

「え、言って言ってー！」

「それは反応が知りたいわ」

「うん、あとでね」

だってまだ写真送ってないし、と思って、その場は適当に流した。

♧

着替え終わって写真を撮ったあたしたちは、台所に移動した。

ハロウィンパーティだから、かぼちゃ料理を食べよう!ってことで。

このマンションの部屋は、あたしと海愛が小さい頃におじーちゃんが中古で買ったものだから、ちょっと古いんだけど、五年前くらいに水回りをリフォームしてるから、台所はまだ新しくて綺麗《きれい》なんだ。

「てかさ、着替える前に料理した方がよかったんじゃね?」

「それなー」

「じゃあ、着替え直す?」

「めんどいからそれはムリ!」

「ま、エプロン着ければいいんじゃね?」

「あーね」

ニコルとアカリは、ちゃんと自分でエプロンを持ってきていて、早速着け始めた。

あたしは海愛のエプロンを拝借する。

ニコルは黒と白で胸元にリボンがついてるエプロン、アカリは赤いギンガムチェックのエプロン、あたしは海愛愛用のフリルつきピンクエプロンで、みんな衣装に合っていて可愛い。これだけで、かなり上がる。

そーして、料理タイムが始まった。

「ニコるん、なに作るんだっけ？」

「パンプキンスープ。アカリはかぼちゃのカップケーキでしょ？」

「あ、ちゃんとピザ買っといたよ？　マルゲリータ！」

「サンキュールナち！　でも、全然ハロウィン関係なくて草」

「まーかぼちゃオンリーだと全部甘くなって飽きるしね」

あたしたちは、それぞれ料理の材料を分担して用意することにしてた。あたしだけ冷凍ピザを買って手抜きしてしまったので、今日は二人の作業を手伝うことになってる。

「えっ、ニコるん、何それ⁉」

ニコルが持ってきたタッパーを開けて、のぞいたアカリが声を上げた。

中には、オレンジ色でほくほくしてて美味《おい》しそうな、サイコロ状に切られたかぼちゃがいっぱい入っていた。

「かぼちゃって、ちょっと調理めんどいから、家でやってきたんだよね。これ潰して牛乳入れて味つけすれば、スープは完成」

「え、マジ⁉」

アカリは持ってきたビニール袋の中から、緑のかぼちゃをゴロンと調理台に置いた。

「うわ、デカっ！　丸のままのやつ買ってきたの？」

「え、だってこっちのがハロウィンっぽいじゃん！」

「別にランタン作るわけじゃないんだから、カット売りのやつでいいのに。そもそもアカリって料理するんだっけ？」

「いや、全然！」

「どーやって切るか知ってんの？」

「え、普通に切れないの？」

「普段料理しないやつの『普通』って何よ？」

「そんな言い方しなくても良くない？　うちはニコるんやルナちと違って彼氏もいないんだから、料理なんかするわけないじゃん！」

「男がいなきゃ料理しないって発想がもう、一生料理しないやつの考え方じゃん」

「別にそれでも生きてこれたもん今まで！」

「じゃあ自信満々で『うちはカップケーキ作るね！』とか申し出ないでくんね？」

「だって動画で見たらめっちゃサクサク作れてたし！」

「料理うまいやつが手際《てぎわ》よく作ってて編集までされてる料理動画を信じるな！」

「ちょ、ちょっと二人とも！」

突然現れた緑のかぼちゃのせいで、ニコルとアカリが揉《も》め出してしまった。

「結局あたしが手伝わなきゃなんないじゃん！」

ブツクサ言いながら、ニコルがまな板の上に丸かぼちゃを置いて、包丁を入れ始めた。

あたしとアカリは、横でそれをじっと見つめる。

「かったいんだよね、これ。ふきんある？」

「ふ、ふきん？　ちょっと待ってね！　……あっ、これでいい？」

「ありがと」

我が家ではないので、あたしも何がどこにあるか全部把握してるわけじゃないけど、今日のハロウィンパーティの料理の出来はもうニコルにかかっているから全力サポートだ。

ふきんを包丁の背に当てて、ニコルは体重をかけながら、大きいかぼちゃを半分に切った。

「はい、これ切って」

さらに半分に切ったかぼちゃを一切れずつ、あたしとアカリは受け取った。

「えっ、これ全部使うの？」

「まぁさすがに余るだろうけど。使わなかったのは煮付けにしてもいいし。ちょっと多めにカップケーキ作ってもいいかもね」

「そーだね」

アカリは必要な材料を全部新品で用意してるみたいなので、材料は多めにありそうだし。

「じゃあ、生地作りは絶対失敗できないね！」

このときのあたしは、まさか自分で言ったこの言葉が前フリになるとは思っていなかった。

かぼちゃをそれぞれまな板と包丁で小さくなるまで切って、レンジでチンする。

その途中でも、アカリはけっこー苦戦していた。

「ギャァ、いった！」

「どしたのアカリ？」

「指切ったぁ！」

「えっ、何やってんの⁉」

「だってカボチャ硬いんだもん！」

「そこまで小さくなってるやつで手こずることある⁉」

「まー、確かに硬いよね……」

「てか、どーやって切ってんの？　猫の手で切れって家庭科で習ったでしょ？　それなら指切ることなくない？」

「だって硬いから両手で切らなきゃじゃん？　だからこーやって……」

「やめてこわっ！　そりゃ手切るわ」

「てかアカリ、絆創膏《バンソーコー》貼ろ！　こっち来てー！」

「うわーん、ありがと、ルナち女神ー！　ニコるん鬼ー！」

「誰が鬼よ⁉　代わりに作ってやってるのに⁉」

「じゃあもう全部代わりにやってよー！　うち、あっちでルナちとツムツムしてるからさあ」

「ふざけんな！」

ニコルに怒られ、絆創膏《ばんそうこう》を貼ったアカリはしぶしぶ台所に復帰して、調理を再開した。

「あーもー、めんどくさいー。全然クラシルみたいにサクサクできないじゃんー」

「だから動画を信じるなって」

「もしかして、あれって漫画家とかイラストレーターの人が描いてるタイムプラスみたい

ゃん」

「でも動画バズったら結局プロになるくね？　最初から一般人とは能力が違うってことじ

「でも、芸術系でもたまに、素人ですごい人いない？」

「そうだよ。少なくとも素人《しろうと》にはムリ」

なもんなの？」

「むむむ……」

「で、でも、料理の動画は、実際簡単なのもあるよね？」

アカリがぐうの音も出なくなっちゃったから、あたしは助けるつもりで口を挟んだ。

かぼちゃの準備が終わったから、あたしは今、薄力粉をふるいにかけてる。

「簡単なのも難しいのも全部サクサク動画にしちゃうから、素人には見極めが難しいのよ。普段から料理してれば『これ、実はめんどくさいやつだ』ってわかるけどね」

「むむむ……」

やっぱりアカリの負けだった。

ニコルんちは、昔出ていっちゃったお父さんが料理人で、お母さんも元料理人だから、ニコルは小さい頃からご両親に教わりながら料理を作ってたって聞いた。あたしが家に遊びにいくときも、ささっとご飯を作ってくれたりして、それが全部美味しいから、ひそかに、かなり尊敬してる。

「さ、じゃあ、ここまでやったら、残りは自分でできるでしょ？」

あとは材料を混ぜて焼く段階になって。

ニコルは自分の担当のスープ作りに戻って、あたしも洗い物をしたり、ピザを焼く準備をしたりしてた。

アカリは順調に作業を進めて、天パンの上に並べたカップケーキの紙の型にタネを入れて。

オーブンを予熱して、カップケーキを焼き始めた。

台所に、だんだんとお菓子のいい匂いが広がってくる。

そんな中で、事件は起こった。

「うえぇーっ⁉」

コンロの下にしゃがみ込んで、焼成が進んでいるオーブンの中をガラス窓からのぞいていたアカリが、急に大声を出した。

「どしたの、アカリ？」

あたしが訊《き》くと、アカリは動揺を隠せない表情でオーブンの中を指差す。

「こ、これって、これからなんとかなるの……？」

「え？　どゆこと？」

意味がわからなくて、あたしはアカリの隣にしゃがんで、オーブンをのぞき込む。

「えっ⁉」

ヤバいものが目に入って、思わず二度見した。

「なにこれ⁉」

「うちが訊きたい〜っ！　なんか絶対ヤバいやんな⁉」

あたしたちが騒いでたら、スープを盛り付けていたニコルが、鍋を置いてこちらへ来た。

「どしたの？」

あたしが場所を譲ったアカリの隣にしゃがんで、ニコルは口をポカンと開けた。

「……はぁ⁉　ちょっと待って、なんなの、これ」

ニコルはオーブンの一時停止ボタンを押して、ミトンをつけて天パンを取り出す。

それを見て、あたしは改めて息を呑《の》んだ。

「うわヤバッ……！」

天パンの上に載った十数個のカップケーキの全部のてっぺんから、火山の噴火みたいにドロドロの生地が流れ出していた。外側は固まって黄色く焼き色がついているのに、流れ出ているのは白っぽい生の生地だ。

「ちょっとアカリ、あんた何した⁉」

「えっ⁉　な、何もしてない……普通に材料混ぜて……」

「分量は⁉　ちゃんと計った⁉」

「えっ？」

ニコルに問い詰められたアカリは、そこできょとんとする。

「まぁ、大体……」

「大体って何よ？　全部レシピ通りの割合で入れた？」

「あっ……」

思い当たることがあったみたいで、アカリは「ヤバ」って顔をする。

「これが、ちょっと、かなり出ちゃって……」

アカリが指差したのは、調理台の上に置いてある缶だった。赤と黄色の、ちょっとカレー粉みたいな缶。あたしもお菓子作りのときによく使うやつだ。

「ベーキングパウダー！」

それを見て、ニコルは目を吊《つ》り上《あ》げた。

「だからじゃん！　これ多すぎたら絶対ヤバいやつ！　生地を膨らます効果で使うから、

膨らみすぎて吹きこぼれたんじゃないの⁉」

「えっ⁉　マジ……？」

アカリは青ざめる。

「そもそも『かなり出ちゃって』ってどういう状態⁉　そんなことある⁉　どうやって計ったのよ⁉」

ニコルに怒られて、アカリは気まずそうに口を開く。

「レシピに『小さじ一』って書いてあったけど、全部五倍量で作ってるから、一振りで小さじ一くらいかなーと思って、生地のボウルに振り入れてたんだけど、五回目がなかなか出なくて、大きく振ったら、缶の中身ほとんど出ちゃって……アハ」

「『アハ』じゃないわ、何やってんのよ！　分量守らなかったらちゃんとできないに決まってるでしょ！」

ニコルの勢いが凄《すご》すぎて、あたしも間に入るタイミングが見つからない。

「てか、大体なんでベーキングパウダーなんて使うレシピにしたわけ⁉　初心者はホットケーキミックス使っとけよ！」

そこで、アカリが反論を開始した。

「だって、これが一番『美味《おい》しい』って口コミが多かったんだもん！」

「美味しいものは手間がかかるの！　今のあんたじゃムリ！」

「じゃあもっと早く言ってよ！」

「ここまでひどいと思わないでしょ普通！　書いてある通りの分量で計って作れば、初心者だって大方まともなのができるのに！」

「じゃあうちは初心者以下だってこと⁉」

「レシピに書いてあること守らないやつなんて初心者以下でしょーよ！　まず小さじ使えよ！」

「だって、料理なんてフィーリングじゃん？　塩コショウなんて大体『適量』って書いてあるし！」

「味つけは好みだから！　ちゃんと分量が書いてある材料は、間違えるとえらいことになるものもあるんだから守りなさいよ！」

「料理ってめんどくさ！　もう一生しないっ！」

「するな、するな！」

「ま、まーまー！　食べたら美味しーかもしれないじゃん……？」

二人があまりにもケンアクになってしまったので、あたしは天パンの上のアツアツカップケーキを一個、手に取った。

噴火してる部分は生なので避けて、焼けてる生地の部分にかぶりつく。

ここなら絶対美味しいはず！

そう、思った……のに。


「ま……まずぅ……」


心からの感想が、抑えきれずに思わず出ちゃった。

シンプルまずい……てか、めっちゃ苦い！

どうなってんの、これ⁉

「まずいに決まってんじゃん。ベーキングパウダーって苦味があるんだから」

「そ、そうなんだ……」

入れすぎたことないから、知らなかった。

「……ど、どうしよう、これ……」

あたしは天パンの上の大噴火カップケーキ群を見た。

噴火してるだけじゃなくて、味もまずいなんて……。

「しかも、まだこっちに生地もあるっていう……」

アカリがボウルに入った残りの生地を見る。

「あぁ……焼いてないやつは救済できるかもしれないから、とりあえずベーキングパウダー以外の材料を足して、砂糖とかぼちゃはレシピの分量より増やして、苦味をごまかすことにして……」

ニコルがうんざりしたように言って、あたしたちはヨロヨロと生地の救出活動に動いた。

♧

外が暗くなった頃、玄関のドアがガチャっと開いた。

「ただいまー……って、どうしたの、みんな？」

予備校から帰ってきた海愛が、居間のソファや床でぐったりしているあたしたち三人を見て唖然《あぜん》とした。

「……コスプレだけじゃなくて、本格的にキョンシーごっこでもしてるの？」

「海愛……お帰り……」

ソファの脚に背中をもたせかけて、床に足を投げ出したあたしは、まだ鞄《かばん》を肩に掛けたままの海愛を見上げた。

「マリめろー」

ソファに全身を預けるように座っていたアカリが、よろよろと上半身を起こした。

ちなみに、ニコルはその隣で、肘置きにぐったりと頭を置いて寝そべっている。

「ちょっと、これ……食べてみてくれる……？」

ソファの前にあるテーブルから、アカリがカップケーキを一つ取って海愛に渡した。

「えっ？　なにこれ？」

「……かぼちゃの……カップケーキ……」

ニコルが息も絶え絶えに答えた。

「ふ、ふうん？」

海愛はあたしたちの様子にビビりながらも、その小さい口を開けてカップケーキにかぶりついた。

「……うん。なんかちょっと舌がピリッとした気がするけど、普通に美味しいわよ……？」

それを聞いて、あたしたち三人は目を見合わせた。みんなの顔に生気が戻った気がする。

「『普通に美味しい』！　いただきました！」

アカリが立ち上がって叫んだ。

「あたしたちが死ぬほど聞きたかったその言葉っ！」

「普通！　普通でいい！」

「普通で充分！　普通がサイコー！」

ニコルとあたしも飛び上がって、両手を合わせて跳ねる。

そんなあたしたちを見て、海愛が引いている。

「ちょ、ちょっと、三人ともどうしたの……？　テンションおかしくない……？」

「だって……だってさぁ……！」

あれから大変だった。

アカリが入れすぎたベーキングパウダーの威力がめちゃ強で、他の材料をいくら足しても苦味が薄まらなくて。

足りなくなった卵や牛乳を買いに走ったり、紙カップも足りないことがわかって再度買い出しに行ったり、近所のスーパーには売ってなくてハシゴしたり。

なんとか食べられる味になったあとは、大量のカップケーキ作りに追われて、無事焼き上がりを迎えたあたしたちは、もうくたくただった。ずっと試食してたせいで、それほどお腹《なか》も空いてない。

台所には、「普通に美味しい」カップケーキが大量にある。絶対余ると思ってた丸ごとかぼちゃは、なんと全部使い切ってしまった。

買い出しに行くのに着替えた私服から、一応キョンシーコスに着替え直してみたけど、パーティを始める気力はもうなかった。

「ってゆーか、海愛早くない？　いつも土日は帰ってくるの十時くらいじゃなかった？」

ふと気がついて、あたしは訊《き》いた。

壁の時計を見ると、まだ午後六時過ぎだった。

「ああ……うん。そうよね」

海愛は、ちょっと気まずそうに視線を落とす。

「今日、朱璃《あかり》ちゃんも笑琉《にこる》ちゃんも来るって言ってたし、最後にちょっとだけでも、わたしも……みんなと一緒にハロウィンできたらなって……思って、早く帰ってきた」

それを聞いて、あたしの頬が緩む。

「海愛……」

なんて可愛《かわい》いの！　あたしの妹！

――わたし、もともとそういうの興味ないから、羨ましいとも思わないし。

あんなこと言ってたのに、ほんとはちょっとハロウィンパーティに参加したかったんだね。

そう思ったら、嬉《うれ》しくて、海愛が愛《いと》しくてたまらなかった。

「しよ、海愛！　一緒にハロパ！」

「あたしたちもまだ食べてないしね。スープあっためるわ」

「ルナち、ピザ焼いてー！」

「はーい！」

海愛のおかげで、お札を剝がされたキョンシーみたいに蘇《よみがえ》ったあたしたちは、テキパキとパーティの準備を始めた。

♧

「「「ハッピーハロウィーン！」」」

テーブルの上に全部の料理を並べて、あたしたちは声を合わせて炭酸で乾杯する。

「いただきまーす！」

目の前に並んだごちそうを見たら途端に食欲が湧いてきて、あたしは料理に手を伸ばした。

「うん、美味《おい》しー！」

ニコル作のかぼちゃスープは文句なしに美味しかったし、冷凍のマルゲリータも間違いない味だ。

居間のテーブルには、オレンジとパープルがメインのお花が飾ってあって、ジャックオランタンのオブジェなんかも置いてあって、おかーさんがハロウィンっぽく飾りつけしてくれていたのが嬉しい。

「……なんか、こういうのって、やっぱり楽しいかも」

両手でグラスを持ってコーラを飲みながら、海愛がつぶやいた。

毎日勉強漬けな海愛にとっては、久しぶりの息抜きなのかもしれない。

「そーいえば、海愛って第一志望どこなの？」

「え、ルナちも知らないの？　うちも前訊いたけど、教えてもらえなかったー」

あたしの質問に、アカリが被《かぶ》せるように言った。

「それ、夏前でしょ？　まだ模試の点数も悪かったし、恥ずかしくて言えなかった」

海愛が気まずそうに口を開いた。

「じゃあ、今は言えるってことやんな？」

「別にいいけど……」

ちょっと恥ずかしそうにして、海愛は言った。

「……第一志望は、立習院の文学部」

「え、めっちゃ頭いいとこじゃん」

「あたしでも聞いたことあるわ」

「すごいね。海愛なら、きっと受かるよ」

あたしが言うと、海愛はあたしを見て少し微笑《ほほえ》む。

「……無事受かったら、来年はわたしもコスプレで参加するから」

それを聞いて、目を輝かせたのはアカリだった。

「え、いや今マリめろも着てみたらいいじゃん！」

「えっ、でもわたしの分ないし……」

「うちの着ればいーよ！　うちのSサイズだから合うやんな？」

「えっ？　あ、朱璃ちゃん？」

見る間に脱ぎ出してしまったアカリを見て、海愛が目を丸くする。

「ほら！」

アカリはサスペンダーを外して脱いだトップスを海愛に渡す。

「ええっ、ここで着替えるの⁉」

海愛は居間でブラ一枚になったアカリを見て焦《あせ》る。

「いいじゃん、うちらしかいないし」

「あはは、もし今おかーさん帰ってきたらビビるね」

「まぁ女同士だからセーフやんな」

「……………」

海愛も仕方なく着ていた私服を脱いで、キョンシー衣装に着替える。

「……あ、肩紐《かたひも》出ちゃう」

オフショルなので、着けていたブラの肩紐の処理に困っている。ちなみに、あたしたちはみんな肩紐なしのブラを自宅から着けてきていた。

「下に紐《ひも》だけ落として着たら？」

「そーだね、それがいいかも」

「それとも、うちとブラも交換する？」

「そっ、それはなんかイヤ！」

アカリの申し出を、海愛は赤くなって断った。

「あ、マリめろ、めっちゃ可愛いじゃん」

「うん、似合ってる！」

「いーじゃん」

着替え終わってネコミミキョンシーになった海愛を見て、あたしたちは口々に褒めた。

もともと普段からメイドテイストの私服が多い海愛の雰囲気に合ってるし、オフショルから出た肩とか、空いたデコルテとか、のぞいたおへそとか、セクシー要素もあって新鮮だ。男子が見たら、めっちゃ興奮するんじゃないかな？

「マリめろ、撮ったげるからこっち見てー！」

「あたしとも写真撮ろー！」

「っていうか、朱璃ちゃん、服着てよ！　わたしのでいいから！」

ブラとパンツ姿でスマホを向けるアカリを見て、キョンシー海愛が焦って訴える。

「確かに、正直寒くはある」

「もう明日から十一月だしね」

「あー最後の文化祭楽しみー！」

「って、聞いてよ！」

あたしたちが勝手なことを言いながら撮影してるから、被写体の海愛が困ってた。

「ねー、動画撮ってもい？」

「いや、それはさすがにうちが映ったら社会的に死ぬ」

「じゃあ早く服着ろって」

「今着てますぅー！　……あ、マリめろの匂いする」

「そういうの思っても黙っててくれる？　恥ずかしいから！」

「別に、いい匂いだからよくない？　すんすん」

「すんすんはしないでっ！」

「なんで？」

「恥ずかしいから！」

「あ、可愛いー！　うちもこういう系統の服買ってみようかなぁ」

「なんだこのカオス」

「あはは」

女四人でわちゃわちゃして、今年もハロウィンはめっちゃ楽しい。

……ううん。

今年は、海愛がここにいるから……トクベツに楽しい。

小さい頃から、あたしの隣には当たり前に海愛がいた。

あたしと友達の輪の中に、海愛の姿も当たり前にあった。

長い……あたしにとっては、とてもとても長い、空白の時間を経て。

今ようやく、そんな「当たり前」が帰ってきたこと。

そのことが、ちょっと泣けちゃうくらい、あたしには嬉しい。

バカみたいにふざけて、笑いながら流した涙の中に。

そんな気持ちがまぎれていたことは。

世界中で、あたししか知らなくていい。

♧

「え、ルナち、そのまま帰るの？」

午後八時になって、片づけを終えたあたしたちは、バタバタと帰り支度をした。

キョンシーコスの上からコートを羽織ったあたしを見て、自分の私服に着替え直していたアカリが言った。

「あ、うん。もう暗いからあんま見えないし、めんどいからいーかなって」

「あーね。あたしも上着持って来ればよかったわ。なんか寒いし」

「もう十一月だもんね」

「アハハ、二回目」

「みんな気をつけて帰ってね」

「うん、ありがとー！」

「お邪魔しましたー」

そうして、あたしたち三人は黒瀬《くろせ》家を出て、駅に着いて解散した。

一人になったあたしは、駅のホームでスマホを開いた。

リュートとのトークは、あたしのスタンプで止まったままだ。

「リュート……」

ホームに入ってきた電車を何本も乗らないで見送って、時間だけが過ぎていく。

「………」

すごく、迷ったけど。

あたしは、そのままホームからエスカレーターに乗って、さっき通ったばかりの改札を出た。

リュートに写真を送らなかったのも。

着替えずにコートを羽織ってきたのも。

リュートに、会って見せたかったから。

ちょっとでいいんだ。

数分でいい。

リュートの勉強の邪魔はしないから、今日の特別なあたしを、一瞬でいいから見てほしい。

♧

「……月愛《るな》⁉」

突然現れたあたしを見て、リュートはオバケに会ったみたいな顔をした。

リュートのマンションのエントランスで待つこと一時間。予備校の自習室の閉館まで勉強していたリュートが帰ってきたところに、待ち伏せしていたあたしは出ていった。

「なんで……」

「ジャーン！」

あたしはボタンを外して着ていたコートの前を大きく開いた。ちょっとヘンタイっぽいかなと思って、自分で笑っちゃったけど。

謎のメイド風キョンシーコスに身を包んだあたしを見て、リュートはポカンとしている。

「リュート、トリック・オア・トリート！」

「……え？」

リュートは、やっと金縛りから解けたみたいにハッとする。

「えっと……『お菓子くれなきゃいたずらしちゃうぞ』だっけ？」

「そゆことっ！」

「うーん……」

お菓子、お菓子かぁ……とつぶやきながら、リュートは背中から下ろしたデイパックを漁《あさ》る。今年の三月、リュートの誕生日にあたしがあげたプレゼントの鞄《かばん》を、リュートは大事に使ってくれている。

「……これでいい？」

その中から出した手には、チョコクッキーの小袋が握られてた。

「えっ？」

「自習室で食べてた、コンビニで買ったお菓子の残り……」

「なんだー、お菓子持ってたんだぁ」

チョコクッキーを受け取って、あたしは苦笑いする。

「なんで残念そう？」

「いたずらしたかったなーって」

って言っても、いたずらの中身は特に考えてなかったけど。

「でも、月愛が『トリック・オア・トリート』って……」

「んー、じゃあ、やっぱ今のなし！」

なんかいたずらしなきゃ損な気がしてきて、あたしはゼンゲンテッカイした。

「なんて言えばいいの？　どーしてもいたずらしたいときは……『トリック・オア・トリック』⁉」

「そんなムチャクチャな！」

「ってことで、いたずらしてもいー？」

「えぇー……？　そ、そもそも、いたずらって……？」

リュートに訊《き》かれて、あたしは考えた。

「ん～……」

すぐに思い浮かぶのは、やっぱこれしかない。

「こちょこちょー！」

あたしは、リュートの腰の辺りに手を伸ばしてくすぐろうとした。

「わっ!」

リュートは小さく叫んで、身を反らす。

ちょっとショックだ。

「……そんな逃げること、なくない?」

「いや、だって……」

「もしかして、あたしに触られるのイヤ?」

「そっ、そうじゃないけど」

リュートはしどろもどろだ。

「緊張しちゃうっていうか……」

緊張? あたしに? 今さら?

「それに、自信ないし……」

「自信ないって、何が?」

「……腹筋とか」

頭の中ハテナだらけのあたしに、リュートは恥ずかしそうに答えた。

「今、勉強しかしてないから、筋肉ないと思うし……」

「そんなの気にしないのに」

あたしは思わず笑っちゃったけど、リュートは本気っぽい。

「じゃあさ、もしうちらがそーゆーことするときになったら、どうするつもり？　身体《からだ》に自信ないからって、断られるの？　あたし」

「……そういうこと……？」

少し考えて、リュートはハッとした顔になる。

「い、いや！　そのときは……受験終わったら、ちょっとは……筋トレとか、する、よ……？」

「そーなの？」

別にそんなの気にしなくていいのになって思ったけど、あたしだって夏が来る前には水着になるためにダイエットしなきゃとか思うから、リュートにとってはきっと、それと同じことなんだろうな。

可愛《かわい》い。

でも、あたしはそっと微笑《ほほえ》むだけにした。

「あっ、あとね！　これあげる！」

あたしは手にした紙袋をリュートに渡した。中には「普通に美味《おい》しい」かぼちゃのカップケーキが三個。あたしとニコルとアカリで十個ずつ持ち帰って、残りは黒瀬家に置いてきた。

「え？　ありがとう……」

「いーえ！　……で、どう？　あたしのキョンシーコス。似合ってる？」

「キョンシー？」

どーやらリュートはキョンシーを知らないっぽい。でも、あたしの姿をまじまじと見て。

「似合ってるよ」

微笑んで、そう言ってくれた。

ニコルの予想通りのリアクションだね。それでも、あたしは嬉《うれ》しいからいいんだ。

「ありがと！」

そこで、ふとアカリが言ってたことを思い出した。

「……『しこりてぃ』高い？」

「えっ⁉」

リュートはめちゃくちゃ驚いて目を見開く。

「シ、シコ……っ⁉」

リュートにはその意味がわかったっぽい。あたしもリュートを待ってる間ヒマだったし調べとけばよかったなと思ったけど、忘れてたからしょーがない。

「どーなの？」

「いやっ、えっ……⁉　る、月愛⁉」

リュートはいつまでも口ごもってるけど、なにも言わずにじっと見つめるあたしを見て、カンネンしたみたいに口を開いた。

「……っ、うん」

ちょっと言葉に詰まりながら、リュートは頷《うなず》いた。

「……高いよ」

「ほんと⁉　嬉しー！」

とりあえず「好きのクオリティ」って捉えてるあたしは、素直に喜んだ。

「ねね、さっきアカリが撮ってくれた写真がめっちゃ可愛く写ってるの！　送ってもいい？」

「えっ⁉」

リュートはなぜか動揺してる。

「……も、もしかして……それで……ってこと？」

「ん？」

よくわからないけど、ノリで頷いちゃった。

「うん。忘れないうちに、今送るね」

スマホを開いて、あたしはリュートにLINEで写真を送る。

「どー？　いーでしょ？」

「……う、うん」

「他にもいっぱい撮ったけど、いる？」

「えっ？　うん、じゃあ……」

「百枚くらい撮った気がするけど、全部送っていいの？」

リュートのスマホの容量が心配になって訊くと、リュートは赤い顔のまま「う、うん」と頷く。

「素材は多ければ多い方が……」

「……？」

よくわからないけど送っていいらしいので、パズドラみたいにババっと写真を選んで一気に送信する。

「送った！　どう？」

リュートは自分のスマホを見ながら、ぎこちなく頷いた。

「……うん、可愛いよ」

「えへへ、ありがと～」

「こちらこそ、ありがとう」

照れ笑いするあたしに、リュートは紳士的に微笑む。

「今夜はこれで……きっとやり遂げてみるよ」

なぜか清々《すがすが》しさみたいなものを感じさせる決意の表情で、リュートは宣言した。

「ん？　うん。頑張ってね」

勉強のことかな、と思って、あたしは応援する。

すると、リュートはちょっと困ったような顔になった。

「いやっ、あの……勉強もあるから、そんなには、頑張れないけど……」

あれ？　勉強の話じゃなかった？

「でも、一回は必ず……こ、これで……すっ、するから！」

「え？　うん……」

さっきからなんかちょっと噛《か》み合《あ》わないけど、どこで歯車がずれたのかわからなくて、なんて言っていいかわからない。

「……ごめん、今ってなんの話だっけ？」

意味不明すぎて、もう訊くしかなかった。

そしたら、リュートは「えっ」と顔を赤くする。

「だっ、だから……『これ』をオカズに『ご飯』を食べる話じゃ……？」

「『これ』？」

ってなに？

リュートが今持ってる紙袋の中に入ってるのは、かぼちゃのカップケーキなんだけど？

「それでご飯食べれるの⁉」

白米と合わなくない⁉　関西の人がお好み焼きでご飯食べるレベル超えてない⁉

「いやっ、ご飯は比喩っていうか……！」

「ヒユ？」

「ほんとは、これを見ながら……ってことで」

「見ながら？」

カップケーキ見ながらご飯食べるってこと⁉

「なにそれ、ちゃんと実物も食べてよ〜！」

「……⁉」

抗議するあたしを見て、リュートは火山が噴火したみたいなとびきりの赤面になる。

「えっ……⁉　それって……どういう……⁉」

「どーゆーって、そのままの意味だけど？」

だって、あれだけ苦労して、なんとかまともになったカップケーキだもん。せっかくだから、リュートに食べてほしい。

「……っ……⁉」

リュートは真っ赤になったまま黒目をぐるぐるさせて……なんかだんだん涙目みたいな感じになっちゃって。

「……そ、それは、もちろん」

もう爆発寸前みたいな顔で、あたしを見つめる。

「受験が終わったら……ね？」

「えっ、遅くない⁉　さすがに腐っちゃうんだけど！」

「えっ⁉」

「早く食べてよぉ～！　今夜まず一つ！　なんでダメなの？」

「ええっ⁉　今夜⁉　一つに⁉　いくらなんでもっ、きゅ、急すぎない……⁉」

「そんなことなくない？　そーゆーのってベツバラでしょ？

夕飯食べた後だって、甘いやつなら食べれるじゃん？

「べっ、ベツバラ……!?」

「ねーいいじゃん。今夜食べてよぉ??」

「うっ……！」

リュートは後ずさりして、あたしから一歩離れた。

「なっ、なんか今日の月愛《るな》ヘンだよっ!?」

「え？　どこが？」

「ちょっとお互い頭冷やそう！　じゃあね……これありがとうっ！」

そう言うと、リュートは紙袋を抱えて、あたしに背を向けてエレベーターの方へ走っていってしまった。

「リュート……？」

一人取り残されたあたしは、なにがなんだかわからなくてボーゼンとするしかなくて。

♧

そのあと「シコリティ」の意味を調べて、リュートに電話でめっちゃ謝った。

まあ、でも「イタズラ」は成功したっぽいから、とりまハロウィン的には結果オーライ……ってことかな！

ミッション・陰ポッシブル

経験済みなキミと、《KEIKENZUMINAKIMITO》
経験ゼロなオレが、《KEIKENZERONAOREGA》
お付き合いする話。《OTSUKIAISURUHANASHI》 短編集

青春回想録

天高く馬肥ゆる秋。

去年までの俺は、その体型が表していた通り、溢《あふ》れ出《で》る食欲に任せて、暴飲暴食の限りを尽くしていた。

俺の名は伊地知祐輔《いじちゆうすけ》。高校の友達のカッシーとニッシーからは「イッチー」と呼ばれている。

高三の十一月。今年もこの季節がやってきた……そう、世にも忌々《いまいま》しい、あの文化祭のシーズンが。

去年の文化祭で、俺は一世一代の大恥をかいた。クラスメイトの谷北さんに友人たちの前で告白をして、完膚なきまでに玉砕した。

ショックのあまり、食べ物が喉を通らない日が続いた。その結果が、今の普通体型だ。身体《からだ》の体積と共に胃袋も小さくなったのか、一度痩せたら、今までよりも物が食べられなくなった。そして、もう約一年、この体型をキープし続けている。去年までの俺だったら、この時期はおやつに焼き芋五本は軽かったが、今は一本で充分だ。

余談だけど、スーパーの入り口あたりに謎にある石焼き芋の誘惑から逃れられる人類っているのだろうか？　本当に、まったくの余談だけど。

谷北さんにフラれて、良かったこともある。現実を忘れるためにゲームに没頭した結果、憧れの参加勢KENキッズになることができた。リア充のカッシーは「すごいね、おめでとう！」って感じだったけど、ニッシーには死ぬほど羨ましがられたし、来週はついにKENのオフ会に行くことになった。

「マジで羨ましいんだけど！　KENのオフ会とか、選ばれしキッズしか行けない究極の夢じゃねーかよー！」

昼休み、教室で弁当を食べているときに、ニッシーが思い出したように羨ましがり始めた。

「てか、他の参加勢って誰が来るの？」

「あー？　誰だっけ、『その』さんとか……」

「えっ、『その』来るの⁉　ヤッベーじゃん！　うわマジかー！　俺も参加勢になりてー‼」

ニッシーが弁当を机に置き、椅子の背もたれに寄りかかって、のけぞるように天を仰いだ。

「確かにすごいね。『その』さんなんて、超著名キッズじゃん」

カッシーは穏やかに相槌《あいづち》を打っている。法応大を目指しているカッシーは、もうずっと受験勉強がしんどいらしく、最近どこか心ここに在らずという雰囲気なのがちょっと心配だ。

無理をしすぎなんじゃないか？　彼女は白河さんだし、いちいち高望みしていく男だ。

「おい、イッチー。オフ会、ちょっと盗撮してこいよ」

「いや、無理だろ。永久ＢＡＮされたくないって」

「そこをなんとかー！」

そう言っていたニッシーが、そこで「あ」と真顔になった。

「盗撮っていえばさ」

「「ん？」」

俺とカッシーが、ニッシーを見る。

「笑琉《にこる》が言ってたんだけど、文化祭のコンカフェの衣装合わせしてたら、女子の着替え写真が誰かに盗撮されてて、男子のＬＩＮＥで回ってたんだって」

「なんだそれ。鬼ギャルが撮られたのか？」

「いや、別の女子。しかも完全な下着姿になる前の写真だったからセーフっぽいんだけど、笑琉は『女子の着替えを盗撮するなんて、男の風上にも置けねー！　犯人見つけたらシメてやる！』ってめちゃくちゃ怒ってた」

　そういえば三年生のクラスの中で、進学組ではないE組だけが、文化祭にクラス出し物を出すらしい。確かテーマは「ルイーダの酒場」とかで、女子のバニーガールコスプレが可愛《かわい》いと、他の学年でも話題になっていた。

「物騒だね」

　カッシーが眉を顰《ひそ》めて言った。

「って、そんな他人事《ひとごと》じゃないだろ、カッシー。お前のカノ……」

「わーっ！」

　発言の途中で、俺はニッシーに突然ビンタされた。

「イッテー！　何すんだよ、ニッシー!?」

「……か、蚊だよ蚊っ！」

　ニッシーがビンタしてきた右手を大きく広げて俺に見せるが、その掌《てのひら》にはホクロ一つ見当たらない。

「は？　いねーじゃねーか」

「マジ？　逃げられたか」

　ニッシーは悪びれもしない。なんだこいつは。

「まあまあ、ニッシーはよかれと思ってしたことだし。イッチーも刺されずに済んだわけでしょ？」

カッシーに取りなされて、それもそうかと思い直す。

「まぁ、ありがとうな……」

なぜか、叩《たた》かれた俺が礼を言うハメになった。理不尽だ。この世は理不尽なことで溢れている。

「だけどさ、学校の中に盗撮魔がいるってことだろ？　油断できねーよな」

ニッシーが真面目な表情になって、話を戻す。

「そうだね」

カッシーが同調するが、そんな二人を俺は冷ややかな目で見た。

「俺は、盗撮写真見せてくれるなら全然いいけどな。俺たちみたいな陰キャには回って来ないだろうけど」

「は？　イッチー、お前には正義の心がないのか？　お前みたいなやつがいるから、盗撮が起きるんだろうが！」

「ニッシーこそ何言ってんだよ。鬼ギャルがE組にいなかったら、お前だってこっち側の人間だっただろうが」

って。


「ぐぬぬ……」

　ニッシーは言い返せずに、悔しげに俺をにらむ。

　そう。わかってるんだよ。ニッシーは鬼ギャルに片想《かたおも》いしてるから、好きな子の着替えを他の男に見られたくなくて怒ってるんだろ。そんな不純な動機なのに、正義漢面しやがって。

　カッシーは、相変わらず白河さんとラブラブだし。悔しいから訊《き》かねーけど、とっくに童貞でもなくなったんだろうし。

　俺だけだ。

　俺だけが、意中の相手すらいない、暗黒の高校生活を送りながら、喜びのない受験勉強を続けている。

　それだけならまだいい。

　しかも俺は、一年前にフラれた相手である谷北さんから、嫌がらせを受け続けている。

　つい最近も、教室を出たときに廊下にたまたま谷北さんがいたら、出会い頭に「きゃーっ‼」とゴキブリを見つけたときのような悲鳴を上げられた。そのあとも、一緒にいた友達に対して、俺の方を見ながら何かヒソヒソ囁《ささや》いていた。大方「昔コクってきた男なの、マジキモいよね」とか言ってたんだろう。最悪だ。

カッシーは人が好《い》いから、俺に「痩せてから、イッチーのことひそかに気になってる女子もいるらしいよ」とか言って慰めてくれるけど、相変わらず俺はカッシーとニッシー以外に友達もいない陰キャだし、コクってくれる女子どころか、話しかけてくれる女子すら皆無だ。

それもこれも、谷北さんが学年中に俺の悪評をばら撒《ま》いているせいではないか？　そんなふうに思えてならない。

つまり、谷北さんと同じ学校にいる限り、卒業まで俺がモテる日はやってこない。

おのれ、谷北朱璃《あかり》……。

受験勉強のストレスばかりが押し寄せてくる灰色の毎日の中で、彼女に対する恨みだけが、日々鬱積していった。

♧

そして、文化祭当日になった。

星臨高校の文化祭は二日間開催で、今日は二日目だ。

初日である昨日は、在校生とその保護者、卒業生など関係者のみに向けた開催で、一日目は、一般客や受験希望の中学生なども訪れる日になっている。後夜祭があるのも今日だ。

出欠確認もないし、俺たち受験組の三年生の登校義務はなかったけど、俺はニッシーに誘われ、午後二時に駅で待ち合わせて学校へやってきた。

カッシーは、白河さんに誘われて昨日行ったらしく、今日は予備校の自習室で勉強しているということだ。

そんな中で、ニッシーが今日文化祭にやってきた、真の目的は。

「盗撮犯が動くとしたら、外部からの客が大勢来てどさくさに紛れられる今日だと思うんだよな。だから開場前の着替えじゃなくて、後夜祭で慌ただしい終わりの着替え時間帯を狙うと思う」

ニッシーは、にぎやかな校舎内の廊下を歩きながら、油断のない目を周囲に向けていた。

すっかり警備員気取りだ。

「はぁ……」

恋の力ってすごいな。カッシーも「白河さんに釣り合う男になりたい」とか言って、法応大を目指してるし。

俺にもいつか、そんな気持ちがわかる日が来るんだろうか……。

去年の文化祭は楽しかったな。谷北さんのことが好きで、一緒に文化祭実行委員の活動ができて……。

あの頃の谷北さんは可愛かった。俺のことを敵視したりせず、笑顔で接してくれて……。

俺が告白しなかったら、今頃まだあの笑顔は、俺に向けられていたんだろうか？

こんなこと考えるなんて、俺はまだ谷北さんに未練があるのか？　いやいや、あんなキーキーうるさい失礼女、今じゃもうこっちから願い下げだ……。

そんなことを考えながら、ニッシーと共に、E組の出し物の教室へやってきた。

「おー、遅いじゃん」

教室の入り口にやってきた俺たちを見て、鬼ギャルが顔を出した。もちろんバニーガール姿だ。鬼ギャルは女子にしては背が高い方で、白河さんほどじゃないけど胸もしっかりあるし、ハイレグのバニースーツに身を包んだ姿はグラビアアイドルみたいにサマになっている。ニッシーが惚《ほ》れるのもわかるなと思った。

「いらっしゃーい！」

鬼ギャルの後ろから、白河さんも現れた。

なんていうか、男を虜《とりこ》にするために存在するような女の子だなと思う。最近頭の中が受験勉強一色になっているせいか、「白河さん×バニーガール＝最高」というアホアホ数式が脳裏に浮かんだ。決して見るつもりはないのに、たゆんたゆんの胸元に、つい視線が吸い寄せられてしまう。つくづくカッシーが妬ましすぎる。

今さらだけど、なんでカッシーなんだ？　スペック的には、俺とそんなに変わらないよな？　カッシーより先にコクれば、俺でもイケたんじゃないか？　ダメだったとしても、少なくとも白河さんは谷北さんのようなひどいフリ方はしなかっただろうし、俺は当たって砕ける相手を間違えていたのかもしれない……と後悔していたとき。

「はわわ！」

あの女の声がした。

「ちょ、ちょっと、なんであんたがここにいるのよっ⁉」

バニーガール姿の谷北さんが、俺を指差して、顔を赤くしたり青くしたりしている。

またいつものやつだ。うんざりする。

「別にいたっていいでしょうよ。あたしが蓮《れん》を呼んだから、一緒に来てくれたんでしょ。お客さんよ？」

鬼ギャルが、俺の代弁をするかのように冷静に言い返してくれる。さすがだ鬼ギャル。俺も惚れそうだ。んなこと言ったら、ニッシーに怒られそうだけど。

「こっち座ってー！」

白河さんに呼ばれて、俺たちは窓際《まどぎわ》の空席に座った。机を二つ向かい合わせにしてテーブルクロスで覆った、簡易テーブル席だ。

そういうテーブル席が、教室内には十個以上配置されてるけど、生徒や来賓でほぼ満席だった。なかなか盛況みたいだ。

「メニュー見て、注文どぉぞっ！」

俺たちに言って、白河《しらかわ》さんが去っていく。と、隣のテーブル席にいた女子二人組が、「ルナー！」と白河さんに声をかけた。

「ねールナ、昨日の彼氏へのサプライズどうだった⁉」

「バッチリだった～！　めっちゃ驚いてたよー！」

「よかった！　うちのクラス、加島《かしま》くんに知られないようにめっちゃ気遣ったんだからね！」

「ありがと～！　おかげでいい文化祭の思い出になったよっ♡」

あー、そっか。白河さんはE組じゃないもんな。カッシーは、昨日まで白河さんがバニーガールをやることを知らなかったのか。

俺もそれを知ったのは偶然だった。ある日の放課後、廊下で出くわした谷北さんが、いつものように俺に絡《から》んできて「な、何見てるのよっ⁉　うちはルナちに作るバニーガール衣装を運んでるだけなんだからねっ⁉」と布を抱えて隣のB組に駆け込んでいくのを見たから「あー、白河さんもバニーガールやるのか」と思っただけだ。

「…………」

それを考えて、ふと思い出した。この前、ニッシーにビンタを食らったのは、俺がカッシーに「白河さんもバニーガールやるんだから、盗撮は他人事《ひとごと》じゃないだろ」と言おうとしたときだった。

「…………」

蚊なんていなかったのかもな。まぁ、別にもう、どっちでもいいけど。

こういうことに、俺はあとから気づくことが多い。

「何にするよ？」

ニッシーに話しかけられて、俺はメニューに目を落とす。

そのとき、鬼ギャルがこちらにやってきた。

「決まったー？」

「いや、まだ」

ニッシーが答える。

「じゃあ、これにしなよ」

鬼ギャルがメニューを指す。その文字を見て、俺とニッシーは顔を見合わせた。

「『ぱ、ぱふぱふ⁉』」

メニューの上部に燦然《さんぜん》と輝くその四文字に、目が釘付《くぎづ》けになる。

ぱふぱふ⁉

あの男の夢……「ぱふぱふ」だと⁉

「えぇぇぇぇぇ⁉」

ニッシーは混乱している。

「だ、誰に⁉　誰にしてもらえるの⁉」

「あんたはあたしでしょ？　他にいんの？」

「いいいいや、えっ、えぇぇぇぇぇっ⁉」

ニッシーはまだ混乱している。

「じゃ、じゃじゃじゃあ、お願いしますっ！」

目を白黒させたまま、ニッシーは「ぱふぱふ」を注文した。その前にメダパニ状態を治した方がよさそうだけど。

「あんたは？　あんたもぱふぱふ？」

「えっ⁉」

鬼ギャルに訊かれて、俺は意表をつかれた。

「おっ、俺も⁉　いいの……⁉」

「もちろん。あんたは誰にすんの？　アカリでい？」

「はぁっ⁉」

なんてことを言う⁉　よりによって谷北さんの「ぱふぱふ」だと⁉　ライフがいくつあったら耐えられるんだよ、それ……⁉

「て、て、ていうか、向こうがそれでいいのかよっ⁉」

俺の言葉に、鬼ギャルは平然として答える。

「そりゃいいでしょ。お客さんからのご注文なんだから」

「いや、だからって……」

「じゃ、オーダーしとくから」

そう言って、鬼ギャルは去っていった。

「…………」

茫然《ぼうぜん》としながらニッシーを見ると。

「笑琉《にこる》のぱふぱふ……」

ニッシーも、あらぬ方向を見つめて茫然とつぶやいていた。

そして、数分後。

「はぁい、ぱふぱふお待ち～！」

鬼ギャルが居酒屋テイストの掛け声と共に、テーブルの上に何かを置いた。見ると、それはプラスチックのグラスに入ったデザートだった。

小さく切ったスポンジと白いクリームが敷き詰められた上に、ストロベリー味と思《おぼ》しきピンク色のアイスが載っている。カップケーキサイズの、小さなパフェだった。

それを二つニッシーの前に置いて、鬼ギャルは椅子を持ってきて、ニッシーの九十度隣に座った。

「パフェが二つで『ぱふぱふ』ってね！」

「…………」

ニッシーは無言で座っている。

「何よ、不満？　一緒にこれ食べてる間はあたしも席に着けるんだから、バニーとお話しできて、ありがたく思いな？」

「そういうシステムか……」

「コンカフェだからね。何考えてたの？　エッチなサービスなわけないでしょ」

「…………」

ニッシーは不本意そうではあったが、渋々パフェを食べ始めた。

「どーよ？　美味《おい》しい？」

「……うん……」

言葉とは裏腹に、その表情は泣きそうであった。

そして。

「えっ、ちょっ、ニコるん⁉　うちのぱふぱふ頼んだのって……まさか……伊地知《いじち》くん⁉」

谷北さんがやってきた。目の前の俺を見て、パフェが載ったトレーを落としそうにブルブル肩を震わせている。

「なっ、なな、なんで⁉　なんでうちなのよっ⁉」

「いや、俺は別に……鬼ギャルが勝手に……」

だが、谷北さんは俺の話を聞いてくれない。

「まっ、まさか、エッチなことだと思って頼んでないやんな⁉」

「そんなわけ」

「きゃ――――っ、ムリムリ！　うち貧乳だしっ！」

「アカリ、別に貧乳じゃなくない？　Cとかでしょ？　あたしもDだし、そんな変わんないって」

「なんでバラすのニコるん⁉」

話に入ってきた鬼ギャルに向かって青ざめた表情を見せ、谷北さんはトレーをテーブルに置いて顔を覆った。

「うわーん、もう無理〜っ！」

泣き声を上げ、谷北さんは教室の出入り口に向かって走り出してしまった。

「ちょ、アカリ！」

鬼ギャルは教室から出ていく谷北さんを見送って、「あちゃー」という顔をする。教室にいた人たちも、呆気《あっけ》に取《と》られていた。

「……D……Dなのか……」

ニッシーはテーブルに視線を落とし、噛《か》み締《し》めるように一人でブツブツつぶやいて、両手をニギニギしている。

「……あーあ、ごめんだわ。どうしよ、パフェ。せっかくアカリの分も頼んでくれたのに」

鬼ギャルにそう言われて、この二つのパフェは両方とも俺のお代になるのかと気づいた。ニッシーと鬼ギャルの方は、ニッシーが払うということか。コンカフェってそういうものなのか。自分が食べた分は自分で払えよと思ってしまう俺には、向いていないかもしれない。

「別にいいよ。二つとも俺が食うから」

むしろ、谷北さんと膝を突き合わせて食べるより、そっちの方が落ち着けるのでいいくらいだ。一時より食欲は落ちたものの、身長があるので基礎代謝も高いから、小さいパフェ二つくらいなら余裕で吸い込める。

「……アカリもねぇ。なんとかならんかね、あれ。卒業までには、なんとかなってほしいんだけどね」

「俺もそう思うけど、難しいよなぁ……こっちもこっちだし」

鬼ギャルとニッシーが、なぜか俺の方をチラチラ見ながら、要領を得ない会話をしている。

それをなんとなく聞き流しながら、俺は一つ目のパフェに手を伸ばした。

「うめぇ」

スーパーでプラスチック容器に入って売っている植物性ホイップクリームの味がする。

庶民なので、結局こういう安っぽい味が一番口に合う。小学生の頃によく食べたおやつの味だ。休みの日に、ホイップクリームが載ったホットケーキが出てくると、異様にテンシヨンが上がったのを思い出した。

「……やっぱダメだね」

そんな俺を見ながら、鬼ギャルが呆《あき》れたようにため息をついた。

「そりゃそうだよ。谷北さんの方が、なんとかしてくれないと」

なんの話だ。

谷北さんがなんとかするのは当たり前だろう。俺は何も悪いことしてないのに（一年前に告白はしたけど）、向こうが勝手に、俺を毛嫌いしているのだから。

「っていうか、大丈夫なん？」

急に、ニッシーが話題を変えるような雰囲気で鬼ギャルに訊《き》いた。

「何が？」

「俺とパフェなんか食べてて……彼氏は来ないの？」

ニッシーの問いに、鬼ギャルは「うーん……」と長い髪を手で梳《す》いた。

「……わかんない。一応誘ったけど、『模試があるから行けたら行く』的な感じだった」

「ふーん……。バニーやるって言った？」

「言ったよ、もちろん。自撮りも送った」

「あー、もしかして、それで満足しちゃったんじゃね？　『来てのお楽しみ』にしとけばよかったのに」

「マジかー、しくったわ」

鬼ギャルはとってつけたような苦笑を浮かべる。かと思うと、急にシリアスな面持ちになって、プラスチックのスプーンを容器の中に置いた。ニッシーと鬼ギャルは、もうパフェを食べ終わっていた。

「……でもさ。ほんとに勉強忙しいのに、無理して来てもらうのも申し訳ないじゃん？ あたしのせいで成績下がったらイヤだし」

ニッシーは何も言わず、鬼ギャルを見つめている。

「受験まであと三ヶ月だしさ。早く受かって自由の身になってくれるなら、あたしはその方が嬉《うれ》しいし」

「……だよな」

そう言うニッシーも鬼ギャルも、二人とも浮かない顔をしていた。

時々、みんなが何を考えているのかわからなくなることがある。今もそうだ。

みんな、もっと思ったことを素直に言えばいいのに。

その点、谷北さんはある意味とてもわかりやすい。あれだけ目の敵にされたら、俺みたいな人間でも「嫌われてるんだな」とイヤでも自覚できる。

♧

そうして俺もパフェを食べ終わって、俺とニッシーは教室を出た。

「三時過ぎか。閉会まで、あと一時間だな……」

スマホを確認して、ニッシーはつぶやいた。

文化祭の出し物は午後四時までと決まっていた。今日は二日目で最終日なので、それから後夜祭がある。俺たちは後夜祭に出るつもりはないけど、ニッシーが盗撮犯から鬼ギャルの着替えを守る使命感に燃えているから、四時くらいまでいることになりそうだ。

なんとなく校舎内をぶらついて、展示系の出し物をしている部活の教室を見たりして、暇つぶしをしているときだった。

「あ！」

歩いて通り過ぎようとした教室を見て、不意にニッシーが声を上げた。

「美術部の出し物、この教室かー。確か、似顔絵やってるんだよな」

そう言いながら、ニッシーは興味深げに教室をのぞこうとする。

「ああ、ニッシー、中学のとき美術部だったんだっけ？」

「そーそー。なんか笑琉《にこる》も小学校で美術クラブ入ってたとかで、盛り上がったんだよ」

「じゃあ、鬼ギャル連れて来れば？」

「いや、もう閉会までコンカフェのシフト入ってるって……」

そう言っていたニッシーの表情が、そこで凍りついた。

その理由を知るため、俺も教室をのぞき込んだ。

出し物の教室としては、シンプルな装飾の室内だった。美術部員が描いたと思われる似顔絵が、壁一面に貼ってある。誰でも知ってる芸能人や、星臨高校の先生もいた。

中には椅子が置いてあって、美術部員が、向かい合って座るお客さんの顔を描いている。美術部員は三人いて、全員が似顔絵描きの最中だった。並んで待っているお客さんも二組ほどいる。

待っているお客さんのうち、一組は男女カップルで、女子の方はバニーガール姿の……と見た瞬間、ニッシーの沈黙の理由がわかった。

それは、鬼ギャルと彼氏だった。カッシーの友達の、確か関家《せきや》さんとかいう人だ。修学旅行で一緒に行動したから、他人の名前と顔を覚えるのが苦手な俺でも、さすがに覚えた。

鬼ギャルと関家さんは、寄り添って何か話していた。話し声は聞こえないけど、関家さんが何か囁《ささや》いて、鬼ギャルが「ヤダー」というように肩を叩《たた》いて、その腕に自分の腕をからませている。

「…………」

ニッシーはまだ無言だった。

「鬼ギャル、だな」

俺は、見れば誰でもわかることをつぶやいた。

「バニーのままだから、友達に『ちょっと抜けて行ってきなよ』とか言われたのかな」

「……そうだろうな」

そこでニッシーも口を開いた。

「笑琉の彼氏が浪人生であんまり会えないこと、友達はみんな知ってるしな。女子って、恋愛で悩んでる子には優しいっぽいし」

それで休憩をもらって一番に訪れたのが、ニッシーとの話題にのぼった美術部の出し物なのかと思ったら、なかなかキツイものがある。よくそんな片想《かたおも》いができるもんだと感心すらしてしまう。

「……並んで、俺と似顔絵描くか？　ニッシー」

精一杯の気遣いで言ったのだが、ニッシーに「は？」と笑われてしまった。

「虚《むな》しすぎるにもほどがあるだろ。行こうぜ」

ニッシーは意外と元気だった。

「似顔絵が欲しいなら、今度俺がイッチー描いてやるよ」

「マジ？　ちょっと見たい」

「でもなー、どうせなら太ってるときのが面白かったな」

「ビフォーアフターで描いてもいいよ」

「てか、顔出ししたら、そのうちお絵描きキッズが描いてくれるんじゃん？」

「そうだなぁ、じゃあ顔出ししようかなぁ。モテるかな？」

「モテるんじゃん？　うちの学校内よりかは。参加勢狙ってるメスガキも多いし」

「マジかー。ワンチャンありだな」

そんな話をしながら、俺たちは校舎内を目的もなく歩いた。

「……で、これからどうする？」

もう閉場近いので、お客さんが来なくて暇そうな教室は、なんとなく片付けムードになっている。今からどこかの教室を冷やかすのも気が引ける。

「……ごめん、イッチー」

ふと、ニッシーが足を止めた。

「ん？」

「やっぱ俺、盗撮犯を捕まえたいわ」

「え？」

なにを言い出すのかと思ったら、またそれか。

「わかったけど、どうやって？」

「E組の着替えの教室、廊下で見張るわ」

「えー……」

そんな原始的な方法か。

「でも、見張ってたら、犯人来ないんじゃね？」

「それならそれでいいだろ。盗撮を未然に防げるってことなんだから」

「……そっか」

ニッシー、ほんとに鬼ギャルのことが好きなんだな。

「もうすぐ閉場だし、行ってくる」

「う、うん……」

「じゃあな」

「ああ……」

ニッシーは、階段の方に向かって廊下を歩き出した。その後ろ姿を、俺はなす術もなく見送る。

「…………」

俺も暇だから行ってもよかったんだけど、ニッシーから他人を寄せつけないオーラが出ている気がして、なんだか言えなかった。

「……まぁいいか」

俺はもう帰って、受験生らしく勉強するか。

そう思って、ニッシーから遅れることしばらくしてから、階段に向かって廊下を歩き出したときだった。

「またやっちゃったの、朱璃《あかり》ちゃん？」

聞き覚えのある声がして、その方向を見ると、廊下の端に黒瀬《くろせ》さんがいた。向かい合って話している相手は……やはり谷北さんだ。

谷北さんはバニー姿だった。そういえば、さっき俺の接客中に逃走してたもんな。

谷北さんは、怒られているかのようにしょんぼりとうなだれていた。

「だから素直にならなきゃダメだって言ってるでしょ？」

そう言われて、谷北さんは顔を上げて黒瀬さんを見る。

「そんなこと言われたって、ムリだもんっ！　今までが今までだし、すでにめっちゃ嫌われてるし、今さらもう好きになってもらえるわけなんてないんだしーっ！」

「そう言って今の態度続けてたら、ますます嫌われちゃうよ？」

「うわーん、マリめろ辛辣！『ますます』って、ひどいやんな!? 嫌われてること前提!?」

「だって、自分でそう言ってたんじゃないの……」

「人に言われると傷つくーっ！」

「そんな繊細な神経がある人が取る態度じゃないわよ」

呆《あき》れたように言って、黒瀬さんは谷北さんを見つめる。

「とりあえず、当番抜けてきちゃったのはまずいんじゃないの？」

「だってだってーっ！　こんな気持ちのまま戻れないやんな!?」

「じゃあ、本人に訊《き》いてみるしかないじゃない。『なんでうちの分オーダーしたの？』って。それが気になってるんでしょ？　もしかしたら嫌われてないのかもしれないって思って、それが気になって当番に戻れないんでしょ？」

「そうだけどぉ……でもムリだもん……」

「そんなしょうもないこといつまでも言ってないで、とりあえず教室戻るか、本人に訊くか、どっちかに決めたら？　わたしも勉強あるし、もう帰るわよ？　月愛《るな》や朱璃ちゃんのバニーが見たくて、ちょっと顔出しただけなんだから」

そこで、困ったように周囲に目を向けた黒瀬さんと、俺の目が合った。

「あっ、ほら」

俺を見て、黒瀬さんは谷北さんに言う。

「絶好のチャンスじゃない。行ってきなさいよ」

「……？」

谷北さんはよくわからないというような顔をしてから、辺りに視線をやる。そして。

「あぁっ⁉」

「……！」

慌てて視線を逸《そ》らして歩き出そうとしたけど、もう遅かったみたいだ。谷北さんは、明らかに俺を見て声を上げた。

そして、黒瀬さんに「ほら！」と強めに背中を押された勢いのまま、なぜかこちらに向かって歩いてくる。

「……な、なんだよ」

目の前で立ち止まった谷北さんに、俺は言った。

二人が今なんの話をしていたのかは知らないけど、俺は悪くない。

今までだって、ひとつも悪いことをした覚えはない。

それなのに、谷北さんはお構いなしにイチャモンをつけてくる。

今度はどんなことを言われるのだろう……と身を硬くしていると。

「…………」

谷北さんは急にモジモジして、俺から目を逸らした。

あれ？　なんかいつもと違う。

そう思って、戸惑いながら彼女の言葉を待っていると。

「……ちょっと、こっち来なさいよ。ここじゃ話せないから」

確かに、今いるのは、左右に出し物の教室があって、お客さんや生徒がひっきりなしに往来する廊下だ。でも、ここでできない話って、どんな話なんだ？

疑問に思いながらも、俺は黙って谷北さんに従い、彼女の数歩後ろを歩いて廊下を移動した。

谷北さんは、廊下を通せんぼするように張られた「関係者以外立ち入り禁止」のテープをくぐって越えた。バックヤードになっている教室の手前に張られているやつだ。そして、その奥の階段に向かって歩いて、階段を上り、屋上の手前にある踊り場で立ち止まった。

「……な、なんだよ、こんなところで……」

いくら相手が谷北さんとはいえ、人気のないところで女子と二人きりというシチュエーションに動揺してしまって、俺は自分から声を発した。

谷北さんは、相変わらずちょっと様子がおかしい。赤い顔でしおらしい態度のまま、俺と少し目を合わせて、また目を逸らした。

「……あ、あのさ」

谷北さんは口を開いた。両手を身体《からだ》の前でもじもじと合わせて、時々ちらちらと俺を見上げる。

俺は踊り場にいて、谷北さんは階段の一段上に乗っている。それでもまだ見上げるくらい身長差があるのだから、ほんとに小さい子なんだなと思った。

「な、なんだよ」

なぜかドキドキして、声がうわずってしまった。

「………………」

谷北さんは、再びモジモジしている。

「……の」

何か言ったが、小声で聞こえない。

「え?」

「……さっきのことだけど、ほんとなの？」

谷北さんが、またチラッと俺を見て言い直した。

「さっき？」

コンカフェの教室での出来事を思い出して、どれのことだろうと思っていると、谷北さんは焦《じ》れたように俺に向かって口を開いた。

「だ、だからっ！　あ、あたしに『ぱふぱふ』してほしいって、あれ！」

「えっ⁉」

何を問われているのかわからなくて混乱する。

そもそも、この場合の「ぱふぱふ」って何⁉　コンカフェの「ぱふぱふ」は結局「パフェ×２」という意味だったけど。

「……いや、あれは鬼ギャルが勝手に……」

「えっ……？」

すると、谷北さんの表情が一変した。

急に悲しそうな、泣き出しそうな顔になる。

「ニコるんが勝手にオーダーしたってこと……？」

「⁉」

なんでそんな顔をする⁉

「勝手にっていうか……まぁ、俺も別に断らなかったし……」

思わず、フォローみたいなことを言ってしまったじゃないか。

「え」

谷北さんの表情から悲しみが消えて、再びもじもじし始める。

「じゃあやっぱり、伊地知《いじち》くんがオーダーしたってこと……?」

「えっ⁉」

上目遣いで尋ねられて、思いっきり動揺してしまった。

そうだ。そもそも谷北さんは、見た目だけなら俺のタイプど真ん中なんだ。

いつもこんなふうにしおらしくしてくれていたら、今だって……いや、何を考えてるんだ、俺は一度こっぴどくフラれているのに。

でも、こんな彼女を見ていると、なんだか勘違いしそうになる。

「お、俺がオーダーっていうか……」

「違うの?」

しどろもどろな俺を、谷北さんは小動物顔で見つめてくる。

「いや……違うっていうか……」

「……？」

小首を傾《かし》げて、すがるような瞳で見上げられて、俺はあっけなく嘘《うそ》をついた。

「……違わない……」

谷北さんの「ぱふぱふ」をオーダーしたのは鬼ギャルで、俺はなんだかよくわからなくて、それを通してしまっただけだ。

でも、なんとなくもう、それを主張できる雰囲気ではなかった。

「……そ、そうなんだ……」

谷北さんの頬が少し赤くなった。相変わらずモジモジしている。

「……な、なんでうちなの……？」

「え−……？」

それを言われたらもう「鬼ギャルに言われたから」しかないので困る。

返答に窮していると、谷北さんは続けて口を開いた。

「……うち、ルナちみたいに胸大きくないけど、いいの……？」

「えっ⁉」

なんだなんだ、やっぱり「ぱふぱふ」ってそっちの意味なのか⁉

「な、何言ってんだよ……⁉」

「だからぁっ！　うちに『ぱふぱふ』してもらいたかったの⁉︎　って訊いてるのっ！」

谷北さんは、ヤケクソになったかのように叫んだ。

「なっ……！」

自分に正直になって答えるなら、ぶっちゃけしてもらいたい。

っていうか、可愛《かわい》い女の子だったら別に、谷北さんじゃなくたって、誰でもいい。誰にでもしてもらいたい。

けど、谷北さんにしてもらいたいかしてもらいたくないかで言えば、「してもらいたい」。

今みたいな、しおらしいモードの彼女にだったら、だけど。

「………」

それらもろもろの注釈をどう説明していいかわからなくて、俺は黙っていた。

「ど、どっちなの……？　してもらいたかったの……？」

「……うん」

めんどくさくなって、つい頷《うなず》いてしまった。

「……⁉︎」

すると、谷北さんは目を見開いた。心底驚いた表情のあとで、真っ赤になって、ブルブル震え始める。

「そ、それって、ど、どういうこと……!?」

唇がわなわな震えている。その顔が真っ赤になり、怒りを堪えているかのように見える。

「……!」

俺は一年前の文化祭を思い出した。

俺を一刀両断して正論パンチでボコしてきた谷北さんと、目の前の彼女の顔が重なった。

「そ、そそそ、それって、う、うちのこと……お、女の子として、いいなって思ってるってこと!?」

「ヒィイ……!」

俺は震え上がった。またフラれる。今度は別に告白もしていないのに、またボコボコにされる。

トラウマで胃がキリキリしてきて、顔から血の気が一気に引いた。

「ち……」

思わず、俺は叫んでいた。

「ちっげ――よ!　勘違いすんなブス!」

静寂に次ぐ静寂。

「…………」

谷北さんは、大きな目を見開いて俺を見つめていた。その瞳はビー玉みたいに……生気なくそこに嵌《はま》っているだけだ。

「……ブ、ブス……？」

信じられないというように、谷北さんは茫然《ぼうぜん》とつぶやいた。

「誰が？　うちが？」

「……そ、そうだよ」

引っ込みがつかなくなって、俺は頷くしかない。

「は？　でも、うちに『ぱふぱふ』してもらいたいんじゃないの？　それともあんた、ブス専なの？」

「……いや、だから、それは……」

俺はなんとか言い訳を考えなくてはならない。

「女なら別に誰でもいいっていうか……」

すると、谷北さんの眉間に皺《しわ》が寄った。

「は⁉」

みるみるうちに、マジギレ顔になる。

「何それ⁉　サイッテーなんだけど！」

自分でもそう思うけど、もうこの設定で走り出してしまったからには完走するしかない。

「全然タイプじゃない貧乳ブスに『ぱふぱふ』してもらって嬉《うれ》しいの⁉」

「嬉しいに決まってんだろ！　ついてりゃいいんだよついてりゃあ！」

「ほんとにあんたってサイテーな男ね！　フーゾク行きなさいよ！」

「高校生は行けねーんだよ！　卒業したら即行くわ！」

「なんでそんな恥ずかしいこと堂々と言えるの⁉　サイテー！　死んでほしい純粋に！」

こうなると、もはや「ぱふぱふ」はもうその意味でしかない。

そうこうしているうちに、下の方から「なんだ、喧嘩《けんか》か？」「先生呼ぶ？」などという生徒の声が聞こえてきて、俺たちは慌てて階段を降り、何食わぬ顔で廊下へ移動した。

「……あんたのこと、よくわかったわ」

立ち入り禁止テープを渡って、にぎやかな廊下に戻ってから、谷北さんは静かに言った。

それから、顔を上げて、きっと俺をにらむ。

「……サイテー！　ほんとに嫌い！　大っ嫌い！」

そんなことを言われても、俺の心はびくともしない。

「知ってるよ。一年前から……」

だけど、まだ少し胸の奥が疼《うず》いてしまう。この気持ちはなんだろう。

「だからもう、俺に構わないでくれよ」

「構ってなんかないでしょ！」

谷北さんはムッとしたように言うが、俺もすかさず言い返す。

「構ってるだろ、こうやって……」

「そっ、それは、あんたがうちの『ぱふぱふ』オーダーするからっ……！」

そうやって言い合っていたときだった。

「『ぱふぱふ』？」

通り過ぎる人たちの間から、一人の男性が俺たちの会話を聞きつけて、足を止めた。

それは一見普通の、二、三十代に見える男性だった。

「お姉さん、まさか『ぱふぱふ』してくれるの？　どこの教室？」

「え、あ、するっていうか……三年E組のカフェですけど」

突然知らない人に話しかけられて、戸惑いながらも谷北さんは答える。

「でも、もう四時前だからラストオーダー終わってると思いますが……」

すると、男性はがっかりしたように肩を落とす。

「なんだぁ、そうなのかぁ……」

バニー姿の谷北さんを足元から頭頂までジロジロ見て、残念そうな顔をした。

「お姉さんの『ぱふぱふ』なら、ぜひ頼みたかったんだけどなぁ……。ちなみに、名前なんていうの？」

「……た、谷北です」

「ふうん、そっかぁ。わかったよ、じゃあまたね」

「す、すいません……」

さすがの谷北さんも、ちょっとビビっているのがわかった。

そうして、その男性は去っていった。

「…………」

なんか少し気持ち悪い人だったな。目つきがいやらしかったし。保護者って歳《とし》でもなさそうな成人男性が一人で高校の文化祭にいるというのも、変な感じがする。もしかしたら、どこかに連れがいるのかもしれないけど。

そんなときだった。

「アカリー！」

廊下の向こうから、白河《しらかわ》さんが現れた。まだバニー姿だ。

「ここにいたんだぁ！　電話しても出ないしー」

「えっ、ウソ⁉　ごめん、ルナち！」

谷北さんは焦《あせ》ったように、持っていたポシェット的な鞄《かばん》を探る。

「後夜祭のあとにみんなでミニ打ち上げしよってことになったから、帰っちゃう前に言わなきゃと思って！」

「そうだったんだ、ごめんー！　でも、さすがにバニー姿では帰らないやんな」

「アカリが着替えたかどうかなんて知らないもん」

白河さんが苦笑して、谷北さんは「確かにー」と笑う。

「てかアカリ、まだ着替えないの？　もうお店終わりだから、あたし、これから着替えに行くけど」

「あっ、マジ⁉　じゃあ、うちも行くー！」

そうして二人が連れ立って歩き出しそうな雰囲気になったとき、白河さんが俺の方を見て「あっ」という顔をした。

「伊地知《いじち》くん！」

どうやら今、俺の存在に気づいたらしい。谷北さんから二メートルほど離れて完璧に気配を消していた功績だろう。

そんな陰キャ忍者の俺に、白河さんは人当たりのいい微笑《ほほえ》みを向ける。

「アカリと一緒に文化祭回ってたの？」

「「えっ⁉」」

俺と谷北さんは同時に声を上げた。

「そっ、そんなわけないだろっ！」

「そうだよ、ルナち、何言ってんの⁉」

「え、じゃあ、たまたま会って話してたってこと？」

白河さんは怪訝《けげん》な顔をする。

「は、話してたっていうか……」

そんな和やかなものではないのだが、白河さんにどう説明していいかわからないし、そもそも白河さんとフランクに話せる間柄でもない。

「……え、なに？　あたしには話せないこと？」

「べ、別にそんなんじゃないからっ！」

「えー、なにそれあやしー」

「あ、あやしくなんかねーよっ！」

白河さんからの疑惑の視線に、谷北さんと俺が交互に叫んだ。

「も、もう、そんなこといいから早く着替えに行こっ、ルナち！」

谷北さんが、白河さんの腕を取って無理やり歩き出した。

その後ろ姿を見送りかけてから、俺は思い直して、二人の数メートル後ろを歩き出した。

ニッシーのことを思い出したからだ。

ニッシーは盗撮犯を見つけると息巻いていたから、二人についていけばニッシーがいる場所に行けるだろうと思ったのだった。せっかくここまで残ってしまったのだから、もうニッシーと一緒に帰ろう。

また谷北さんに気づかれると面倒なので、俺は再び陰キャ忍者の呼吸で気配を消した。

♧

三年E組女子用の更衣室は、出し物の教室と同じ階の、規制線テープの内側にあった。

なんでそれがわかったかというと、教室前の廊下に、ニッシーが眼光鋭く立っていたからだ。

規制線の内側といえど、在校生は普通に歩いている。閉場時間前後ということもあって、片付けなどで周囲を行き交う人は増えていた。その一人一人を、ニッシーは油断なく見ている。

そんなニッシーの視線が、更衣室に入ろうとする白河さんと谷北さんに留まる。

「あ、仁志名《にしな》くん。どしたん？」

「更衣室に不審者が来ないように見張っててくれてるんだって。お疲れさまー！　ニコルは？」

「まだ来てない」

「あ、そーなんだ」

そうして白河さんと谷北さんが教室に入ってから、ニッシーはこちらを見た。

「……お。イッチー」

「マジで見張ってんのか。あれからずっと？」

「おう。さっき一瞬トイレに行った以外は、ずっと見てるよ」

「ふうん、すげーな」

それなら、今日は盗撮犯が来たとしても引き返すしかないだろう。

そんなふうに思ったときだった。

「えーっ、ウソ⁉」

教室の中から、谷北さんの声が聞こえてきた。

「どしたの、アカリ？」

白河さんの声だ。

「ねぇルナち、うちの下着知らない⁉」

その谷北さんの叫び声に。

「……⁉」

俺とニッシーも、思わず顔を見合わせた。

「えっ、ないの？」

「うん……上履きの上に重ねて置いてたはずなんだけど」

「どんなやつ？」

「ラベンダー色の、普通のレースのブラとパンツのセット」

「あー、あれね」

ガサゴソと荷物を探る音がする。教室の中には今、二人しかいないっぽい。

「えっ、どこにもなくない？　ほんとにここに置いたの？」

「置いた！　てか、ここに鞄も置いてるんだし、他に持ってく場所なくない？」

「じゃあ鞄の中は？」

「入ってないってば！」

鞄の中身をぶちまけたのか、ガサガサッと物が落下する音がした。

「えー……でも下着だけなくなることある？　上履きはあるんだよね？」

「うん……」

そのとき、俺の脳裏に素朴な疑問が湧いた。

「……っていうか、なんで下着脱いでるんだ？　今は、下に何を着てるんだ……？」

ちょっとドキドキしながら訊《き》くと、ニッシーも気まずそうに目を逸《そ》らす。

「さ、さぁ……そんなこと笑琉《にこる》からも聞いてねーし……。ただ、バニースーツって露出が多いから、もしかしたら……普通の下着だと、み、見えちゃうのかもな？」

「……見えちゃうのか……」

俺は深く噛《か》み締《し》めた。

じゃあ、バニー姿の女子たちは、一体どんな下着をつけているのだろう……あるいは……まさか、つけてない……ってコト!?　などと妄想して、ぼんやりしていたとき。

「クッソー、やっぱ撮れてねぇ」

悔しそうな男子の声に、ニッシーが素早く反応した。

陽キャ男子の三人組が、廊下の奥から歩いてきた。その中の一人は、二年の頃、白河さんと仲が良かったサッカー部のやつだ。なぜか小脇にサッカーボールを抱えているから、間違いないだろう。

「やっぱ、ベランダからだとムリかー。カーテンの隙間細いしな」

「どうする、リベンジする？　まだ着替えてない女子いるぜ？」

「いや、ムリだろー」

「じゃあ、今度は廊下から？」

「いや、今日はずっと人いるからなぁ……」

そう言った男子と、ニッシーの目が合った。

「まさか、盗撮犯は……お前たちか……!?」

ニッシーが、おそるおそる言った。

その声は震えていたけど、よく頑張った、ニッシー。陽キャに話しかけるだけで緊張するだろうに。

「えっ、人聞き悪ぃな」

「そうだよ。上手《うま》く撮れたらシェアするからさ、見逃してくれよ」

陽キャたちがヘラヘラ言うが、ニッシーは厳しい表情で彼らをにらみつけた。

「い、いらねぇよっ、ナメるなっ！　撮られた女子がかわいそうだろっ！　先生に言うからなっ！」

その剣幕に、陽キャたちもちょっとビビった様子を見せる。

「だ、だから、今日は撮れてねーって！」

「女子が来たと思ってスマホ構えたのに、映ってたのは変なおじさんでさ……」

「そうそう、チクるなら、俺らじゃなくてそいつにしてよ」

そう言ったサッカー部の言葉を受けて、隣のやつが俺たちの後方を指差した。

「あっ、ほら、あいつだよ！」

「そんなこと言ってごまかそうったって……」

ニッシーが彼らを警戒しながら振り返り、俺もその方向を見た。

「あーっ！」

その途端、我ながら陰キャとは思えないくらいの声が出た。

廊下の隅で、黒いエコバッグの中をゴソゴソ探っていた男の顔には、見覚えがあったからだ。

「あいつ……さっき、谷北さんに気持ち悪く話しかけてたやつだ」

「マジ⁉」

「名前まで訊いてたし……谷北さんの下着、あいつが持ってるのかも……ニッシーがトイレ行ってるときに忍び込んで」

「ってことは、あの袋だなっ⁉」

そう言うと、ニッシーは敢然と男へ向かっていった。

「えっ……」

おいおい、今日のニッシーどうしちゃったんだよ⁉ そんなに手柄を立てて、鬼ギャルにいいとこ見せたいのか？ それとも純粋な義憤なのか？ はたまた鬼ギャルと彼氏のデート現場を見せつけられてヤケになっているのか？

「わっ、なっ、なんだよ⁉」

突然ニッシーに飛びつかれて、男は必死で逃れて立ち去ろうとする。

「待てっ！ その袋をよこせっ！」

だが、男はエコバッグを胸の前に抱えて譲らない。

ニッシーは男の後ろに回って、羽交い締めのような体勢に持っていった。

「今だ、イッチー！ 取り上げてくれ！」

「わ、わかった……！」

陰キャな友の奮闘に心を動かされた俺は、男の前に躍り出て、その手から渾身《こんしん》の力でエコバッグを取り上げた。

「な、何をするっ……クソッ！」

そこでニッシーを振り切った男は、もうエコバッグのことは諦めて逃走を図るつもりか、一目散に廊下を走り出した。

「逃すなっ！」

そのニッシーの声に、「おう！」と応じたのは、なんとサッカー部だった。

「女の子にキャーキャー言われるためだけに磨いた、俺の熟練のシュート技を見ろよっ！」

決して褒められたものではない不純物まみれの動機をなぜか誇らしげに叫び、なぜか持っていたサッカーボールを、男めがけて鮮やかなフォームで蹴り放つ。

そのボールは、行き交う人の間を縫って走る男を、あたかも追尾するかのように飛び進み。

「うわっ！」

男の頸椎《けいつい》にヒットした。

男は首を押さえて、廊下に倒れ込む。

「そいつを捕まえてくれ！　下着ドロボーだっ！」

ニッシーの声に、周囲の生徒がどよめきの声を上げる。次いで男子の何人かが、男に向かってタックルするように飛びかかった。

「うわぁっ！　頼む！　許してくれぇ！　ほんの出来心だったんだぁ……！」

こうして、不審者は捕らわれた。

♧

生徒に呼ばれてやってきた先生たちが男を職員室へ連れていくと、辺りにはちょっとした見せ物のように人だかりができていた。

「三年の仁志名って人が捕まえたんだって」

「サッカー部のシューヤが、蹴ったボールでダウンさせたらしいよ」

「えーすごい、コナンくんみたい」

そんなざわざわした中。

「えっ、蓮《れん》が不審者を捕まえたの？　すげーじゃん」

人だかりから、鬼ギャルが現れてニッシーに近づいた。まだバニー姿だったが、彼氏の姿は見えないので、もう帰ったのかもしれない。

「へへ、そんなんじゃねーけど」

ニッシーはまんざらでもなさそうだ。

よかったな、ニッシー。

この瞬間のために、今日頑張ったんだもんな。ニッシーのミッションは、これにて完了だ。

「伊地知《いじち》くん」

そこで、白河《しらかわ》さんが谷北さんを連れてこちらへ近づいてきた。

「アカリの下着、やっぱりあの人が盗《と》ってた？」

「え？」

白河さんに尋ねられ、俺は手にした黒いエコバッグに視線を落とす。

「ああ……」

あとで考えれば、このとき俺は、取るべき行動を決定的に間違えた。

あろうことか、エコバッグの中に自ら手を突っ込み、入っていたものを不用意に取り出してしまったのだ。

「……これか？」

出てきたのは、ラベンダー色のレースのブラとパンティだった。

「……!?」

俺の手の中のそれに、その場にいた全員の視線が集まった。

「………」

谷北さんが、口をパクパクさせてそれを見て。

その顔が真っ赤になり。

俺に怒りのまなざしが向けられる。

「なっ……」

唇をわなわな震わせた谷北さんは、俺に歩み寄り、左手で俺の手から下着を奪い取って。

「何すんのよ、このど変態――――っ！」

怒号と共に、渾身の力で右手を振り上げた。

パチーン！

イテェ……。

目から星が出て、視界が綺麗《きれい》だ……なんてことを考えながら、俺はゆっくり廊下の床へ倒れ込んだ。

「キャーッ！」

「え、何何、どうした？」

「喧嘩《けんか》か？」

「いや、倒れたらしい」

事情を知らない生徒たちの声が遠くから聞こえてくる。

「向こうに急病人がいるって？」

「熱中症らしいよ」

「えっ、この時期に？」

「このバケツの水いる？　後夜祭のあとの掃除用に汲《く》んできたんだけど」

なんだか様子がおかしくなってきた。

……そして。

「大丈夫ですかっ⁉」

後輩らしき在校生が、床に倒れている俺に向かって、手にしたバケツの水を盛大にぶっかけてきた。

「キャーッ！」

辺りの生徒にまで飛び跳ねて、悲鳴が上がる。

「…………」

なんだこれ。

厄日すぎるだろ、俺。

「なんか向こう、騒がしくない？」

「え、どしたの？」

「さぁ」

「伊地知くんが、谷北さんの下着を盗んだとか？」

「えー何それ、サイテーじゃん！」

「でも今、熱中症で倒れてるらしいよ」

「えっ、意味わかんないんだけど」

あとから集まってきた生徒たちの無責任な会話を聞きながら。

廊下にぶっ倒れたままの俺は、天井を見つめて呆然《ぼうぜん》と考えた。

やっぱり、陰キャに文化祭は向いてないなって。

「……へっくしゅん！」

とりあえず、十一月に水浴びするのは寒すぎる。

こうして、恋するニッシーのミッションに巻き込まれた俺は、二年連続で谷北さんから制裁を食らって、文化祭が終了した。

ちなみに、翌週のKENのオフ会は、水をかぶって引いた風邪で欠席することになり、俺の谷北さんへの遺恨が、また一つ増えたのであった。

初出

女の園の龍
書き下ろし

空飛ぶペンギン
ドラゴンマガジン2023年3月号

トリック・オア・トリック!?
ドラゴンマガジン2024年1月号

ミッション・陰ポッシブル
ドラゴンマガジン2023年11月号

あとがき

おかげさまで、キミゼロの短編集を出すことができました！　ありがとうございます！

本作は、過去にドラゴンマガジンに掲載された「空飛ぶペンギン」「トリック・オア・トリック⁉」「ミッション・陰ポッシブル」と、担当さんからの「龍斗《りゅうと》が高校の先生になる話はどう？」というリクエストで書き下ろした「女の園の龍」を収録したものです。ドラゴンマガジンでは引き続き「青春回想録」として、龍斗たちの高校時代のこぼれ話を描いた短編を連載中ですので、こちらもお手に取っていただけたら嬉《うれ》しいです。

書き下ろしの「加島《かしま》先生」は、いつもの龍斗とは性格がちょっと違っているかと思いますが、これは「学生時代に女の子に一度も告白せずに大人になった世界線の龍斗」ということで、より慎重で内向的な性格に描きました。楽しんでいただけたら幸いです。

私事で恐縮ですが、先日、敬愛してやまない恩師が天に召されました。大学と大学院で四年間師事した先生でした。私はお世辞にも優秀な学生ではありませんでしたが、先生は私を可愛《かわい》がってくださいました。にもかかわらず「論文より小説が書きたくなりました」

と修士での離籍を願い出た恩知らずな私に、先生は「頑張れ」とエールをくださいました。ファンタジア大賞でデビューしてからは新刊が出るたび献本を送らせていただき、先生はそれらすべてに感想をくださいました。近年、先生と毎年お会いできる場であった専攻の同窓会がコロナ禍《か》でなくなり、私もアニメ化作業などで忙しくなり、しばらく献本をお送りできずにいた期間、先生はご自身で拙著をお買い上げくださっていたそうです。

今回作中で取り上げた『こころ』の主人公の「私」は、「先生」からの遺書を受け取って汽車に飛び乗りますが、きっと存命中の「先生」には会えなかったと思います。私も、私にとっての「先生」とここ数年は書簡のやりとりばかりで、アニメが終わって落ち着いたらお会いしたいですとメールを差し上げた矢先の訃報でした。ご返信代わりにいただいた年賀状の「お目に掛かりたく存じます」の肉筆を見ては、後悔と哀惜の涙が溢《あふ》れます。

この本を、一週間前に帰天された慶應義塾大学《けいおうぎじゅくだいがく》名誉教授・樽井正義《たるいまさよし》先生に捧《ささ》げます。

イラストのmagako様、担当の松林様、新担当の小林様、今回もありがとうございます。

本編の８巻も近い内に刊行予定ですので、引き続きキミゼロをよろしくお願いします！

二〇二四年一月　長岡《ながおか》マキ子《こ》

お便りはこちらまで
〒一〇二-八一七七
ファンタジア文庫編集部気付
長岡マキ子（様）宛
magako（様）宛

富士見ファンタジア文庫

経験《けいけん》済《ず》みなキミと、経験《けいけん》ゼロなオレが、お付《つ》き合《あ》いする話《はなし》。短編集《たんぺんしゅう》
青春回想録《せいしゅんかいそうろく》

令和6年3月20日　初版発行

著者――長岡《ながおか》マキ子《こ》

発行者――山下直久

発　行――株式会社KADOKAWA
〒102-8177
東京都千代田区富士見2-13-3
0570-002-301（ナビダイヤル）

印刷所――株式会社暁印刷

製本所――本間製本株式会社

ISBN978-4-04-075337-9 C0193　◇◇◇

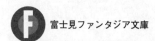

切り拓け！キミだけの王道
ファンタジア大賞
原稿募集中！
賞金
《大賞》300万円
《金賞》50万円
《銀賞》30万円
選考委員
細音啓「キミと僕の最後の戦場、あるいは世界が始まる聖戦」
橘公司「デート・ア・ライブ」
羊太郎「ロクでなし魔術講師と禁忌教典《アカシックレコード》」
ファンタジア文庫編集長
前期締切 8月末日
後期締切 2月末日
公式サイトはこちら! https://www.fantasiataisho.com/
イラスト/つなこ 猫鍋蒼 三嶋くろね